仿北宋范寬雪景寒林圖
（局部）

仿北宋范寬雪景寒林圖
劉墉作・絹本（200×300cm）2018

仿北宋范寬雪景寒林圖
（局部）

爸爸不會哭

◉劉墉／文・圖

聯合文叢 661

目次

第一章：小帆結婚了

第二章：夢到幽深

第三章：自有我在

第四章：花草鍾情

第五章：無限江山

杜布羅夫尼克古城（局部）
劉墉作・紙本水墨設色（140×533cm）2019

【前言】

我生命中最重要的一年

二〇一九是我生命中非常重要的一年，首先我進入了「古稀」，雖然現在的人愈來愈長壽，活過九十、一百已經很平常，但是跨過這個關卡，心理上還是不一樣。讀名人傳記，我常想多半的古人在這個年齡之前已經「走了」，他們活得比我短，可是活得精彩。尤其看他們的生平年表，愈看愈心驚，覺得自己沒能充分利用過去的七十年，十分慚愧。

所以雖然年屆古稀，我還挺拼命，不但畫了這輩子最大的絹本山水《仿范寬

群燕嬉春（局部）
劉墉作・作絹本水墨設色雙反托（79×119cm）2019

雪景寒林圖》、出版了《談親子教育的四十堂課》，還一趟又一趟去「至善園」寫生，找故宮的老人請益，完成《至善園十景》和〈勿忘此園〉。

《禮記》說「五十杖於家，六十杖於鄉，七十杖於國」，意思是七十歲可以拄杖在國裡走來走去指點議論了。雖然這年頭古稀不稀奇，畢竟七十歲不再年輕，走在街上一眼望去，多半是後生晚輩，大可以賣老了。

所以許多過去不敢說的，現在比較沒了顧忌。譬如收在這本書裡的〈七十夢囈〉，除了講我的身世、怪癖和宿疾，說許多尷尬的場面，還憤世嫉俗地發了不少牢騷。我也透過〈夢到幽深〉分析自己為什麼總作飛的夢，是掙扎、是掙脫、是超越、是從小到大的野心，即使年逾古稀，因為拒絕隕落，仍然拼命飛翔！

古稀之年，也使我更為懷舊，隻身跑去台北僅存的鑄字行，重溫少年時編校刊的舊夢，一路懷想，寫成〈印我一生〉。還帶著兒孫去以前違章建築區的老家憑弔，一步一步找尋舊家的影子，以及「劉貓」埋葬的地方，寫成〈劉貓關門嘍〉這篇懷念五十年前愛貓的文章。

二〇一九年的另一件大事，是我終於面對困擾十幾年的腰痛，做了脊椎手術。醫生在我背上切個十公分的口子，先摘掉椎間盤，植入骨粉和金屬片，作「融合」的手術，再打了四根釘子，鎖上螺絲，把易滑脫的脊椎固定。雖然沒有用較新的內視鏡手術，而採取傳統的方法，我居然復原挺快，手術才兩個月就飛到東歐旅行，還作了寫生和遊記，收在這本書中。

二〇一九年更重要的是小帆結婚了，這個「老生」的女兒，是我最應付不了，也最放心不下的小公主。怕她耍小姐脾氣，把男生嚇跑；怕她事業心太重，不交男朋友。沒想到有一天突然抱一大把鮮花來送我，說那是她選的新娘捧花。

婚禮那天，距離我的腰椎手術還不到兩個月，小丫頭居然叮嚀我牽著她，要配合她的步伐，別走太快。又說教堂很占老，地毯有味道，叫我一定要帶氣喘藥，

群燕嬉春
劉墉作・絹本水墨設色雙反托（79×119cm）2019

以防萬一。還說爹地太容易感動，所以不跟爹地跳舞了。爹地也不必致詞，由哥哥代表吧！

問題是爹地當然有話說，所以這本書裡收了好幾篇有關小帆的文章，並且以《爸爸不會哭》作為書名。

二〇一九年我還在位於世界第二高樓的「寶庫藝術中心」舉行了《花月春風畫展》，這是我在上海舉行的首次個展，也是我第一個以花鳥為主題的展覽。我的花鳥作品表面看是寫生，其實是畫我愛花愛鳥的情懷。無論蠟梅、月桃、鳳凰、山茶，後面都可能有故事，這些畫和故事也收在了書中。

古稀之年還有項重要的決定，就是從此不再染髮。我從二十多歲就有白髮，五十歲已經全白，為了「出鏡」總得染髮，多次想不染都因為四周人反對而作罷，說突然變成「白髮魔男」，會嚇大家一跳。而今到了古稀之年，總算找到藉口：從此以真面目見人，是謂「真相大白」！非但如此，要白就全白，連白鬍子也留了起來。去克羅埃西亞旅行的時候，路邊坐一群毛孩子，看到我，立刻站起來，大概認為見到「三花聚頂、五氣朝元」的「天山老道」，居然還站直了對我鞠躬呢！

古稀多好啊！變得更無忌、更自由、更直白、更幽默、更有童心，本書就是這樣的組合！

WEMPE
WEMPE

小帆結婚了

第五街之吻

引言

二〇一九年九月二十八號下午五點，在曼哈頓中城一百五十年歷史的長老會教堂，小帆嫁給了沃頓研究所的同學王征宇（Branden）。

我帶著小帆走過長長的紅地毯，站定。當牧師問是誰要把 Yvonne 嫁給 Branden 時，我回答：「Her mother and I，we do！」接著在女兒臉上親一下，將她挽著我的手交給 Branden，然後我退後一步，轉身，坐到觀禮席。聽到旁邊的啜泣，是我的老妻……

小帆的婚禮完全由她自己安排，她不戴任何首飾，沒有伴娘伴郎，只是穿件白紗，捧著「紫色的夢」。他們在沃頓商學院的六十多位昔日同窗和好朋友，則從世界各地趕來觀禮並參加晚宴。

親家公跟親家母從華府過來，帶著新郎的弟弟跟堂弟，女方只有我們夫妻和小帆的哥哥嫂嫂，嫂嫂兼作攝影和牽婚紗的花童。劉軒結婚的時候沒有婚禮也沒請客，只到戶政事務所辦了登記。女兒出嫁，我們也沒告訴任何親朋好友，而是比照兒子結婚時，捐款給幾十個兩岸的公益團體。

那天教堂的婚禮出來，因為沒有禮車。兩個新人沿著曼哈頓第五街跑到酒店。小帆的頭紗跑掉了！幸虧婚紗沒掉。她整個晚宴都穿著婚紗，只是把拖曳的裙擺掛在腰上，省了換裝的錢。婚紗很重，她卻能跳舞整晚，原來裡面換成了球鞋。

當他們在第五街奔跑，路人以為在拍電影，紛紛為他們讓路。過斑馬線的時候，趁著兩邊車子都停下來，他們還戲劇化地在馬路中間擁吻，好多路人鼓掌叫好，還有人吹口哨……

接下來的三篇散文和詩，第一篇是我知道小帆交男朋友時，給她的十五條叮嚀。第二篇是知道她將結婚，特別為她畫畫祝福。最後那篇是婚禮結束回到家裡，我這老爸爸寫下的，「剪不斷，理還亂」的心情。

給女兒交朋友的十五個叮嚀

一、你可以讓別人知道你是單身，但是不要把你整個人攤在陽光下。就算你有很多優點，也讓他慢慢發現。因為愛情要有幾分神祕才美，情感要不斷因為發現彼此的優點而加分。

二、不必讓他知道你的財務狀況，無論你窮或富，都與他無關，因為吸引他的是你，不是你的錢。先知道你很富有，再跟你談戀愛的人，會讓你不敢確定他的愛。

三、吃人的嘴短，而且男女平等，所以不要都由男生請客，總要有來有往，你可以由他讓你付錢的情況，譬如因為你說要請客，他是不是比較節制，來觀察他夠不夠體貼。

四、跟初次交往的男生說好幾點回家，然後觀察他是不是放在心上。一個玩在興頭，還能注意時間的男生，可以顯示他的自制與對你的尊重。一個能夠掌握約會時間的女生，可以顯示她的教養。

五、當男生送你回家，注意他是不是確定你安全進門了，才離開。初次約會的男生，不要隨便請他進入你的房間，這是你該有的私密與矜持。男生就算失望，也得尊重你。

六、如果由你決定去什麼地方，要小心選擇，因為那能反映你的品味。但是不要因為想炫耀，而選擇他難以負擔的。為對方考量，是賢慧的表現。

七、不要用禮物討好對方，也別收不恰當的禮物。對接受的人而言，太貴重的禮物會讓他不安，對送禮的人來說，送太貴的禮物難免有所期盼。禮物貴在有情，不在有價，不恰當的贈禮會模糊愛情的焦點。

八、跟不熟的人，或去陌生的場合。最好不要飲酒，而且別讓飲料離開你的視線。你可以渴死，也不亂喝一口。寧可因為拒絕而顯得不夠親切，也絕不碰觸任何毒品。

九、絕對不讓喝了酒的人開車，也對喝酒開車的人重新評估。只要對方喝酒之後還想開車，一定要警告他。雖然他飲酒開車是不智與逞強，你不提出警告卻是不仁與軟弱。

十、無論多麼激情，都要自我保護；無論情感多麼穩定，也拒拍私密照片。絕不用身體換取不確定的愛情，只能為確定的愛情解放身體。

十一、除非你有意，當對方在語言或動作上有性的暗示，要立刻技巧地回避，千萬別等他露出醜態，你才喊NO。除非你有意主動，別放出任何容易讓人誤解的訊息。

十二、約會時家人跟你聯絡，一定要有禮貌。對家人無情卻對外人有情，是不成熟的表現。當你不尊重家人，你的朋友也會輕視他們，輕視你的家人就是輕視你。

十三、在公共場所說話要小聲、對服務人員要客氣，對老弱婦孺要禮讓。多寬容、少責備，多露笑容，少耍脾氣。該快的時候不拖拉，該慢的時候不浮躁，進退有度能夠顯示你的優雅。

十四、既然是你們談戀愛，就少把家人拖進來。家人可以提供意見，可以分享快樂，不必承擔責任。以後過日子的是你們，千萬別讓你們的打打鬧鬧，成為爸爸媽媽的精神負擔。

十五、別在同一時間談幾個戀愛，下了一條船，才能上另一條船。所以從開始交往，就要平等互惠。可為分手傷心，別為金錢糾纏。只有兩不相欠，才能分得乾脆。

紫色的夢

女兒從曼哈頓回長島，送我一束花，乍看以為是她在哪個花園裡順手摘的，奇奇怪怪的各種小花夾雜著玫瑰。

女兒說別小看這花，那可是請花藝家特別設計的新娘捧花，因為她要結婚了。

我大喜，趕快找了花瓶把花插好。正好有朋友來，那太太一進門就拉著丈夫的袖子說：「瞧！人家劉大哥隨便抓把野花插上，都多有味道！」

紫色的夢（局部）
劉墉作・絹本水墨設色（74×93cm）2019

女兒城中來送我一束花我以園裡偕賓乃名家插長葉尤加利圓葉鐵線蓮
淡紫甜豆香粉紫玫瑰花小白素馨蘭紅果及月季取名紫色夢寓意將出嫁
魚棲水晶瓶把此美夢插又照寒寒而落展翔心此畫

紫色的夢
劉墉作・絹本水墨設色（74×93cm）2019

這束花確實既平凡又優雅，女兒說她就要這樣，跟別人的捧花不同，但是不能華麗。她的婚禮也要辦得平凡又不平凡。還說她找了紐約曼哈頓中城最古老的一個教堂，雖然地板走起來會吱吱響，但是管風琴的聲音美極了。她又在隔一條街安排了酒店，到時候穿著婚紗跑來跑去很方便，連禮車都省了。酒店還說配合她的婚禮，大堂和餐廳擺設的鮮花也會是這樣的紫色調。

當天晚上我細細端詳這束花，覺得越看越美，也想像婚禮時捧在女兒手上會是什麼樣子。突然發現其中的豆花，雖然紫羅蘭色很美，但是因為花瓣太薄，邊緣已經有點蔫了。心想女兒老遠捧回來給我欣賞，如果兩三天就報銷怎麼行？於是在絹上做了寫生。

這是我腰椎手術後畫的第一張，說實話，就算沒開刀也不容易畫，因為有一堆小花小葉跟小果子。為了表現細節，我先用淡墨勾出輪廓，再以淡彩暈染，下面的水晶花瓶則以水彩的畫法表現。前後經過三天才完成，挺得意，相信正表達了女兒要的含蓄優雅。

畫好之後還題了首長詩，寫下我這老爸的心情：

女兒城中來，送我一束花，
看似園裡借，實乃名家插。
長葉尤加利，圓葉鐵線蓮，
淡紫甜豆香，粉紫玫瑰花，
小白素心蘭，紅果五月茶，
取名紫色夢，寓意將出嫁。
急捧水晶瓶，把此美夢插，
又恐寒易落，展絹作此畫。
腰椎手術後，這是第一發。

潑墨細雙勾，七彩暈彤霞，
勾勒無限長，暈染無窮意。
筆短情難舍，愛深亂如麻。
悠悠女兒夢，綿綿父母心，
不能常相守，總是長牽掛，
願此不了情，永駐不凋花。

爸爸不會哭——給新婚女兒的一封信

親愛的女兒，你婚禮預演的時候，牧師教爹地在回答「是的，我們願意。」之後，先在你臉上親一下，再把你的手從自己的臂彎裡抽出來，交到Branden的臂彎裡。當時爹地故意作出哭的樣子，逗得大家都笑了。

但是昨天真到了那一刻，爹地沒有哭、沒有掉眼淚，甚至沒有傷心，相反的，爹地從頭到尾一直笑，笑得很開心。你知道為什麼嗎？因為我看到你臉上的笑、那種無比幸福的笑，你像小鳥一樣，從爹地的臂彎飛到Branden的懷中。

爹地應該吃醋，但是沒有，因為爹地從來沒見過你那麼快樂的樣子。這是實話，在爹地面前你總是表現得很酷。記得你小時候去餐館，我故意當著大家的面，要你跟爹地頂頂鼻子。起先你會立刻跳下椅子跑到爹地面前，狠狠頂一下鼻子，再緊緊抱抱爹地。但是從你上小學就不一樣了，你會先看看四周有沒有跟你一樣大的小孩，如果沒有，才來跟爹地頂頂鼻子，而且只是輕輕碰一下就轉身跑了。

等你上初中就更作怪了！連爹地輕輕拍你一下，你都會像觸電一樣鬼叫「好疼啊！」

後來你愈長愈高，快比我高了，爹地常故意在你面前蹲下身，裝成比你矮的樣子仰望你，你更會一扭身對媽媽喊：爹地好滑稽好無聊喲！

有一天我們請客，你又在賓客面前跟爹地發小姐脾氣，讓爹地下不來台，但是回程我們坐在車子最後一排，車裡很黑，你好像睡著了，把頭慢慢靠在爹地肩

爸爸媽媽和哥哥的祝福。

爸爸領著走過紅地毯。

上，又把手輕輕放在爹地的手上，爹地知道，那才是真正的你，爹地的小天使！你平時作怪，是因為你愛爹地，愛會造成不捨，但是有一天你又不能不捨，這當中的矛盾，使你有奇怪的表現，也可以說為了不捨，你反而像遠行的孩子，不敢回頭。

婚禮之後，很多人都問爹地有沒有像以前文章裡寫的：「在新婚歡樂的最高潮，音樂聲起，賓客一起鼓掌歡呼。新娘走到中央和老父擁抱、起舞。大家一起唱〈爹地的小女兒〉（Daddy's Little Girl）：

你是我的彩虹
我的金杯
你是爸爸的小小可愛的女兒。
擁有你，摟著你

我無比珍貴的寶石！
你是我聖誕樹上的星星
你是復活節可愛的小白兔
你是蜜糖、你是香精
你是一切的美好
而且，最重要的
你是爹地永遠的小小女兒……
我知道，當音樂聲起，女兒握住我的手，我的老淚，會像斷線珠子般滾下。」

說實話，爹地起先確實有些緊張，怕跟你跳舞的時候忍不住老淚縱橫。幸虧你早看穿我的心，沒安排這段舞，說你爸爸剛動完腰椎手術，不能跳舞。然後，在你那群好朋友的簇擁下跟 Branden 走到舞臺中間，在震耳的音樂中舉起雙臂，盡情地旋轉、蹦跳。

你從教堂到晚宴，都穿著同一件白色的婚紗，曳地的長裙經過特別設計，可以掛在你的腰間。上樓梯的時候爹地曾幫你牽過長裙，發現好重啊！而你居然能整晚穿著蹦蹦蹦、跳跳跳、笑笑笑。

爹地真的一輩子不曾見過你如此燦爛的笑容。從你揮著手、一搖一擺，像跳著華爾滋舞步走出教堂，就掛著那燦爛的笑。爹地偷偷問你媽咪，有沒有見過女兒這麼開心的樣子，媽咪也搖頭。

爹地知道了！這是人生的必然。每個人從出生的那一刻，就得一步步離開父母，走向外面的世界，你要出去找尋自己的愛侶、組織自己的家。今天你能找到，如此依附、如此滿足、如此交托，爹地怎能不高興？又怎會掉眼淚呢？

哪個父母不希望孩子有美好的未來？孩子嫁娶，不是娶了誰進來，或嫁了誰出去，也不是家裡多個人或少個人。孩子本來就是獨立的個體，他們嫁娶了，是

沒有新娘禮車，小帆穿著婚紗在第五街奔跑，路人還以為在拍電影。

婚紗裡穿著球鞋跳舞。

父母完成了任務，把快樂的小鳥放飛啊！

記得爹地以前看到蒲公英的白絮，隨著晚風被吹向遠方，曾經寫過一首詩：

「蒲公英媽媽在晚風裡祈禱，祝願孩子有個平安的旅程。」

爹地也在這兒默默祈禱，祝你有另一段美好的人生旅程。

那天晚上，當大家還在跳舞的時候，爹地媽咪、哥哥嫂嫂，以及你的公公婆婆，就低著頭彎著腰溜了出去。

你沒有離開我們，是我們離開了你。也只有你找到自己的最愛，有一天我們離開這個世界，你才不會受到太大的打擊。

車子逐漸駛離曼哈頓，雖然已經是深夜，長島公路卻有點堵車，爸爸跟媽媽並排坐著，夜幕低垂，燈火迷離，忙了好幾天的媽媽累了，把頭靠在爹地肩上，爹地直直地坐著，呆呆地看著遠方，突然想起你靠在爹地肩頭的那一夜，不知為什麼，爹地的淚水，竟然止不住地滾落……

扣上媽媽的叮嚀。

夢到幽深

萬代蘭
劉墉作・絹本沒骨（64×88cm）2019

引言

下面四篇文章，無論夢、囈、或枕頭，都跟夢有關，有的是真夢、有的是綺思、有的是夢裡吐真言。尤其是〈七十夢囈〉透露不少我藏在心靈底層的東西……

夢到幽深

我的號叫「夢然」，畫室名「氤夢樓」，有一方閒章是「夢到幽深」。三個都有「夢」，因為我太喜歡作夢了！

常常從夢中醒來，我會賴著不起，一動也不動地窩著，甚至拿棉被蓋著頭，讓自己再度沉入夢鄉。我喜歡半醒半夢的感覺，覺得像在潛泳，半個身體在水上面，是醒著的；半個身體在下面，沉浸在夢的海洋。那是中間地帶，不屬於醒，也不屬於夢。正因為已經有了「醒」的意思，所以我能記住夢的內容。又因為還在夢中，所以能不受現實的羈絆。

夢到幽深
薛平南篆刻

我從高中時代，就在床邊放個小本子，好即時把夢的重點記下來。甚至在校刊上開個專欄叫《即夢小簡》。「即」是靠近的意思，表示那些短文都是寫在夢的邊緣。這幾年更好了，可以按手機上的「備忘錄」，然後以夢囈的方式訴說。既然是夢囈，就常模糊不清，文法不對、修辭更甭提了。但這種意念銜接，語無倫次的「囈語」，反而有現代感。隔一年半載再看，更有感動。想必因為那是直觀的，沒有罣礙，所以最接近心靈。

我有很多詩都是這樣寫成，像是「抱著枕頭流浪，每晚都睡進故鄉……」「人已醒，夢還在睡……」「把夢塞回被窩，用枕頭壓著……」

把夢記下來還有個好處，是可以第二天繼續夢，像寫連載小說，作「連載夢」。最記得年輕的時候有個晚上夢到打仗，打一半醒了，整天念著，第二天睡覺時先把情節想一遍，然後繼續夢、繼續打，還是前夜的戰壕、前夜的戰友、前夜的敵人。

即夢小簡

劉墉作・紙本水墨插圖 1966

我曾經連續打了三個晚上，槍林彈雨、煙硝蔽天，居然沒死人也沒傷人，轟轟烈烈精彩極了！

我幾乎不做惡夢，除了小時候舅舅裝鬼嚇我，害我夢過兩次被人追，腳軟跑不動。據說不做惡夢的人不怕鬼，因為在夢裡沒給鬼留下空間。

我還會作童話夢，不但七彩斑斕，而且有卡通效果。舉個例子，我有一回夢到很多鉛筆，紅的橙的黃的藍的綠的紫的白的，每個都扭來扭去，在我前面跳舞。醒來說給太太聽，她羨慕極了，還怨自己從來沒有童話夢，只會從夢中驚醒。

雖說我不作惡夢，尷尬噁心的還是有，譬如我有一陣子總夢見到公共場所，鞋脫在外面，出來發現鞋不見了。我趴在地上找，掏了鞋櫃衣櫃，甚至掏到地板底下，塵蟎惹得我哮喘都犯了，最後還不得不穿一雙沾滿泥巴、開了口的爛鞋離開。

我也常夢見站在街頭等車，開過的每輛車裡都坐滿人呼嘯而過，就算空車也不理我，最後我不得不打電話給太太，或向開計程車的老友求救。

我還總夢到上廁所，童年如果這樣夢，接著就會感覺褲襠一團熱，糟糕！尿床了！現在則是夢見很髒很髒的廁所，怎麼站都會踩到大便。

我還多次夢見一幢三層高的木造樓房，因為年久失修，樓歪了，我不得不搬家。卻有很多人溜進去開店，有精品店、古董店、花店、美容院、旅行社。我不收他們租金，他們卻躲著我，而且露出虧欠的眼神！

這些場景都一再重複，我看了一堆談夢的書，包括佛洛依德《夢的解析》，試著為自己解夢。除了總找不到鞋子，不得其解，其它都有道理：

廁所髒，是因為我曾經住在違建區，公共廁所很髒很臭，除了自己消受，客人來了更沒面子，於是留下受傷的記憶。

找不到車是因為我不會開車，甚至不會騎腳踏車，潛意識裡總有「行不得」的恐懼。

歪了的木樓是因為父親生前的單位，逼迫我們母子搬家，我們抗爭，公家就把不屬於我們的半邊房子拆掉，讓房子歪斜。我在老家還有房子被親戚占用，雖然我完全不在意，甚至不提不問，但是當我回去祭祖，占用的人卻沒出現。

可能有人說這不是惡夢是什麼？我的答覆是「我不覺得惡，所以不算惡夢」，而且確實如民俗所說，一夢到大便就有財運。就算沒意外之財，也高興，因為醒來時腳是乾淨的。

我繪畫的靈感常得自夢境，夢裡我總在飛，有時候飛過千山萬壑，上面的月光撒下銀色的巨網，下方是寶藍色折疊的山巒和閃著森森刀光的澗水。有時候夢見穿過樹林，我可以明顯感覺被闊葉撫摸的柔軟，和被針葉刮過的刺痛。

有時候飛過城市，灰色的屋瓦在月光下好像魚鱗，萬家燈火、炊煙嫋嫋，我

夢中山城

劉墉作・紙本設色（142×142cm）2019

從屋簷飛過，可以「向簾兒底下聽人笑語」。我也常在夢中造訪山城，看到窄長的石階、山坳的人家、林間的寺院、山澗的飛瀑和波光粼粼的大海。

我會降落山村，跟人們聊天、逗小貓小狗，步上百級石階到廟裡參拜，或爬上海崖的大石頭，遠眺千頃碧波。印象最深的是有一回夢到被烏雲遮蔽的太陽落向海平線，眼看就要入晚，突然雲破了，霞光萬道從天邊射出來，在層層密林和入晚的煙嵐間，織成長長的錦緞，又在大海上反射出紅黃藍紫和白白亮亮的波光。炊煙升起，歸帆點點……

同樣是在夢中飛翔，我的飛其實有很多種，有時候只是迎風站立，就能像羽毛般飄起來。有時候需要拿著一塊板子，並且走到迎風處，最好是地勢由高往下的巷子，風從下方吹來，受到兩側房舍的擠壓，變得格外凜冽。這時候我只要調整手裡的板子，把握受風的角度，就能像風箏一樣輕鬆起飛。

飛翔也有困難的時候，我拼命揮動雙臂還是飛不起來，就算飛起來，也飛不高。最怕的是飛過交通繁忙的街道，在一輛輛大巴士間閃躲。

我也用由高往下跳的方式飛翔，那需要很強的自信，如果懷著無比的信心往下跳，只下墜一點點，就會被無形的力量托起來。相對地，當我沒有把握，則不敢往下跳。

我常夢回學生時代，從教室窗戶跳出去，繞著樓飛，飛到大門，引起同學一陣驚呼。也夢見自己從山頭一躍而下，像滑溜梯似地進入山谷。後來看見天門山的飛人表演，穿滑翔衣的選手沿著山壁飛，幾乎伸手就能摸到岩石，他們不但能穿過山洞，還能像子彈一般，穿破懸在空中的目標。我很想體驗一下，兒子聽說大為吃驚，怕古稀老父跳崖輕生，立刻買了一個VR頭盔給我，要我戴著頭盔，握著操縱杆在家飛翔。

還有一種飛翔，只是停留在空中。譬如夢見在博物館大廳裡，我不走中間的樓梯，而是輕輕一躍，在眾人的驚羨中，很安穩地飄著。我還有許多次一邊漂浮，一邊得意地問大家：你們看過徒手停在空中的人嗎？

這些得意與失意，自信與怯懦，輕鬆與困難，其實都反映了我現實的人生：

從小我就想飛，想展現自己、飛越群山，想出人頭地、傲視群倫。我拼命，飛出了失火後的廢墟、鐵道邊的違建、飛過了太平洋，又飛回故鄉。我曾經飛得很辛苦，也曾經飛得很愜意，就算如今鬢髮盡白，還是想飛。

因為拒絕隕落，只好拼命飛翔！

夢中山城（局部）
劉墉作・紙本設色（142×142cm）2019

七十夢囈

我六歲以前的記憶不多，印象最深的是捧著一大碗黑色的中藥往下灌。母親總說我很勇敢，為了治腎臟炎，多苦的藥都能一口喝完。我的生母也說，沒有劉家照顧，我活不下來。她生了六個兒子，送人一個也是對的。

我從姚家被送到劉家之後不過三年，生父就過世了，據說養父牽著我去殯儀館，站在遠遠的地方看。我完全不記得那個畫面，倒是記得傭人曾經把我拉到院子裡說「醜人來了！醜人來了！醜人會搶小孩。快躲起來！」我從門縫看，一個很瘦很瘦的男人坐在沙發上，後來才知道那是我的生父，這是我見他的最後一眼。

我的生父是日本法政大學畢業，爺爺是臨安最後一任縣太爺，養父是中央信託局的襄理，曾任陝西戒煙所所長，我被送給劉家，雙方還寫了字據。老母八十多歲的時候收拾東西，把我叫過去，先掏出一件紅色的小衣服給我看，說是我到劉家那天穿的。又遞給我一張發黃的紙，上面寫得密密麻麻，我才看兩眼，她就一把搶過去，當著我的面唰唰幾下撕掉，連小紅衣服一起扔進垃圾桶。恨恨地說：「門當戶對就門當戶對吧！還寫我不能生，所以把你送過來。」我當時很想把小衣服撿回來做紀念，但是沒敢動，只記得那是深紅色的，歷經近半個世紀，還閃亮閃亮。

父親非常寵我，連內衣都給我買純絲的。他喜歡京劇，曾經教我唱《蘇三起解》，被我媽罵了，就改教我唱「老吾老，我的鬚髮老，上陣全憑馬和刀。」父親也會帶我去朋友家「票戲」，記得有一次來了兩個女生，人美！衣服美！唱得又好聽，我羡慕死了，回家一直央求：「讓我也去學戲吧！」爸爸只笑笑。倒是後來聽大人咬耳朵，好像那些漂亮女生很受委屈，除了捱打，師父還會欺負她們……

父親也常帶我到台北近郊的「水源地」釣魚，那是新店溪的河岸，常搭起高臺辦「螢橋晚會」，有京劇、相聲，還有雜耍，就在那兒，我知道了吳兆南、魏龍豪，也見到了我的偶像，漫畫家：牛哥。

最記得牛哥請觀眾上臺，在一張大白紙上隨便畫幾筆，無論畫得多亂，牛哥都能立刻把「它」變成一幅精采的漫畫。當時我很想上去露一手，畫個讓牛哥改不了的「亂畫」。牛哥後來突然不見了，父親說因為一個叫鍾情的女明星，牛哥把她帶進房間，不讓她出去。我問為什麼？老媽瞪眼，老爸就沒答。但是我一直佩服牛哥，他不但會畫《牛伯伯打遊擊》，還寫《賭國仇城》，精彩極了！

父親白天上班，只能夜裡釣魚，我常在他的懷裡睡著，夢裡有叮叮的魚鈴聲、沙沙的水波聲和魚兒掙扎的啪啦啪啦聲。魚上鉤的時候，我會被叫醒，迷迷糊糊

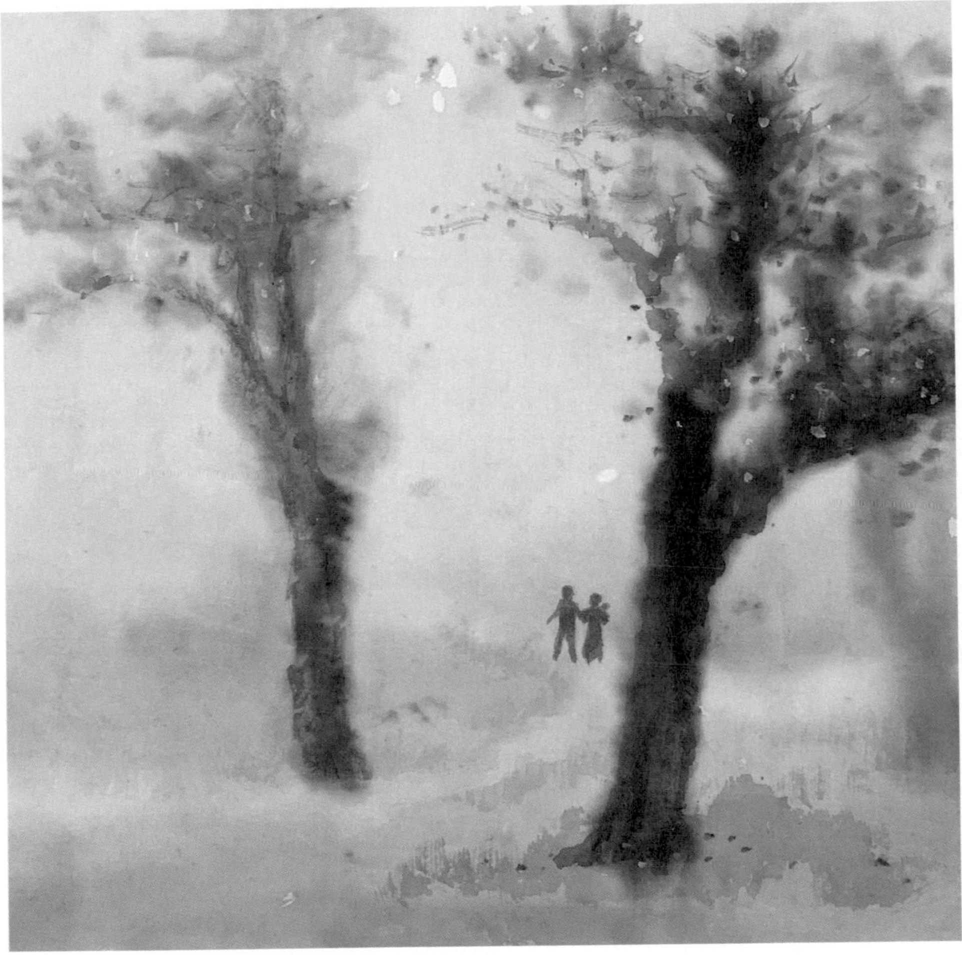

親情
劉墉作・絹本水墨設色（30×30cm）2019

張開眼，記憶中常是銀色的月光、白亮的水花，還有野薑花冷冷的幽香。

至今我喜歡畫月景和薑花，就因為那時的記憶。我常跟朋友說父親疼我，連釣魚都把我帶在身邊。但是曾經有個朋友笑說：「大概另外有用處吧！好讓你媽放心！」

其實父親釣魚總有兩位同事作伴，據說其中一人是工友，買不起玩具，只好自己給小孩做玩具。他送我一個木頭人，只要放在斜坡上，木頭人就會一步一步往下走。那是我幼年最神奇的玩具，因為不用電池就能動。

父親不會做玩具，但是常把我摟在懷裡表演削蘋果，他用把小刀，很小心很小心地削，整個蘋果削完，皮能不斷。有一回中途斷掉了，父親還跟我說「對不起！」

其實我不愛吃蘋果，母親怨了我幾十年，說以前對門船長從日本回來，送我一個大蘋果，我居然不要，非還給人家不可。那時我才三歲多，不記得蘋果，只知道我們以前住在南京東路，為了怕鄰居洩露我的身世，他們領養我不久就搬到遠遠的雲和街。我至今仍然不愛吃蘋果，但會表演削蘋果。還有，我特別喜歡能折起來的小刀，左一把、右一把，收藏了好多。有一回我跟個女生誇我的小刀有多棒，誇了一遍又一遍，那女生歪著頭問：「你怎麼說了又說，小刀有什麼稀奇？」我對她很不爽，因為她傷了我的心。

父親在我九歲時因為直腸癌逝世，母親常怨：「吃得那麼好、那麼細，還細嚼慢嚥，怎麼會得腸癌？」又罵「跟他一塊釣魚的同事個個活得好好的，人家喝酒，你老子不喝酒啊！水邊濕氣多重？從下往上蒸，不得腸癌才怪！」

我沒見到父親的最後一刻，但聽過他病危時的錄音，很沉很沉，慢慢地說：「兒啊！好好孝順你娘。」

據說父親臨終後悔養了我，因為我的命太硬，剋死了生我的，又剋死了養我的。所幸我沒剋媽媽，除了我剛出國的兩年半，她一直跟在我身邊，而且在我十七歲之前，她總指著肚子上一條紅紅的疤痕說：你就是從這兒出來的，好長一個口子，可疼了！

我的生父是因肺病過世的，相信我三歲前也被傳染，但是在劉家養得好，所以沒發作。只是胸常痛，起初我猜應該是初二那年擔任小督察，有個同學違規逃跑，我在後面窮追，因為我上夜間部，天黑，掉進一個大坑裡，胸口被撞傷。

我的跑跳都不差，只要追人，多半能追上。我的功課雖然爛透了，但是高二那年，體育老師居然要我填單子，說準備派我參加中上運動會，而且我可以拿體

憶寫螢橋晚會

劉墉作・紙本水墨（35×49cm）2016

育獎學金了。說來諷刺，才隔兩天，我就半夜吐血，休學。

我沒覺得生病有什麼不好，還挺回味吐血的感覺，那跟嘔吐不一樣，一個是從食道出來，一個是從氣管出來。嘔吐很費力，吐血不費力。隨著呼吸，自己就出來了！後來每次我看見電視演員「很賣力地」吐血，都會說：不像！

休學這年改變了我一生，因為我可以看自己愛看的書，畫自己想畫的畫。母親卻不以為然，除了要我複習功課，還說應該臨摹老師的畫稿，不像我自己亂畫的，她都不好意思送人。但我知道，我開始對文學和詩詞感興趣，並且發展出自己的繪畫風格，應該是從那段休學開始。

復學之後，我的成績更爛了，因為正好換「新數學」，我高一學的是舊數學，突然如聽天書。加上我的英文本來就差，總是兩科不及格，全靠暑修補習，才不致留級。所幸我的課外表現不錯，記得有一回朝會，我上臺領了三次獎，其中包括一個大熱水瓶，校長劉芳遠親筆用油漆寫「賀你全省演講比賽第一名，好好保養嗓子！」

從小學到高中，我拿過四次台北市的演講比賽冠軍，焦仁和、洪秀柱都是戰友，記得有一年北一女中的蔡主任在比賽場上見到我，重重地嘆口氣：「你怎麼又來了？」

但我高中以前畫畫從沒得過獎，直到十六歲拜胡念祖和郭豫倫為師，才通竅。最記得第一次去郭老師的畫室，看到牆上一幅女人的油畫，真美！後來見到畫中人林文月師母，更美！我也在胡念祖老師的畫室見過一個高中女生，很美！她說她是喇嘛作法才生出來的，所以叫「胡因子」。還有個女生，是大一那年我代表師大接受電台訪問時遇到。也美！最重要的是她很會說，讓我不得不佩服。所以訪問完，我就把她拉進話劇社，她演大家閨秀，我演小太保，據說她的朋友看過戲都罵她怎會愛上我這個小混混？

後來她沒再演戲，倒是我演了不少，從姚一葦的《紅鼻子》演到張曉風的《武陵人》，那些戲都有個特色，就是連唱帶跳，林懷民曾經送我一個大蘋果，說要慰勞我的膝蓋。因為地板動作太多，他在排演時把我修理得很慘。我還應趙琦彬導演的邀請演過電視劇，原因是我很會背劇本，那個戲是政策宣傳，急著推出，卻有一堆台詞。

很遺憾我沒演過電影，當女兒擔任成龍電影的監製時，我說：「安排老爸客串個角色吧！短短的就好！」女兒問譬如什麼？我說「像是《末代皇帝》裡一開始，英若誠演的獄卒！」

從舞臺演到臥室，大學三年級我就帶女朋友去公證結婚。我把結婚證書拿給岳父看，他繞著沙發轉，我說：「您坐嘛！您坐嘛！」後來為了大人的面子，我們在「紅寶石酒樓」又演出了一場。我的小姨子有樣學樣，老二、老三都是打個電話給爸爸：「我結婚了！」我的兒女也差不多，兒子連婚禮都沒辦，只帶瓶香檳去區公所登記。女兒今年結婚，除了請些研究所的同學，男女雙方父母兄弟加

蜓立薑花（局部）
劉墉作（45.8×75.5cm）2018

起來只有八個人。

我痛恨一切形式化的東西，大概因為小時候心靈受過傷。養父死時每個人都盯著我看，偷偷議論我有沒有掉眼淚。我要披麻戴孝，拿著哭喪棒，用匍匐的姿態去一家家拍門報喪，還因為球鞋上綁了麻布，遭受同學的戲弄。八年後我才搞懂——因為我不是親生的，劉家養我的目的就是祭拜。

養母九十三歲過世，我沒辦喪禮，更沒發訃聞，只在大陸偏遠地區蓋了十所「慈恩小學」，另外捐助台灣十幾個公益團體。我不喜歡死別，尤其痛恨活的時候不孝，死了哭天搶地的人。所以我很少參加告別式，跟我對兩位母親一樣，我用「長輩」的名字捐建希望小學。我的岳父母跟我生活了三十多年，我也對他們說：「你們走，就不作告別式了！」百歲的岳父很同意，還寫在遺囑上。至於我，死了最好把骨灰撒在海裡。多乾脆！兒女不必上墳，在世界任何地方，只要摸到海水，就摸到爸爸了。

有人說這是精神病態，唯恐打擾人、欠人情。這點我承認，我不愛參加婚喪喜慶的宴會，連開畫展都幾乎不發請帖，唯恐朋友來，招呼不周。當然也有另外兩個原因，一個是「心理」的，我認為只要作品夠好，不必請，大家也會來看。非請就不來的，不是擺架子，就是根本不愛。

至於「生理」的原因，是由於我有嚴重的哮喘，人多，空氣不好，我就想躺下。還有個可怕的副作用，是缺氧時會亂講話，有兩回帶女兒出去，我胡說八道，把女兒都氣哭了。所以只要氣喘，我一定「閉關」。又因為氣喘在早上特別嚴重，所以從不參加上午的活動。很多人不解鄧麗君可以開演唱會，卻死於氣喘？這點我最清楚，我有氣喘，照樣能演講，但必須「下重藥」。

大概因為總缺氧，我的記性也差。有人說我過目不忘，詩詞能倒背如流，豈知我隨時會「思想中斷」，有些東西我或許過目不忘，有些事卻永遠記不得。只要走出旅館房間，一定不記得房號。有一回我自以為走對房間，用磁卡卻開不了

蜓立薑花
劉墉作（45.8×75.5cm）2018

門，正好服務員經過，幫我用他的萬能卡開，進去才發現有人正在洗澡。

演講是我成功的原因之一，大學畢業那年，我因為獨挑大梁，主持三台聯播的「全民自強晚會」而被注意。但是從小總參加比賽，也造成我很大的精神負擔。高三時因為氣總上不來，去看一位海歸名醫，他的診斷是「精神緊張心臟不協調」，連看了他幾個月，不見好轉，有一天門口的護士小聲對我說「去看看新陳代謝科吧！你的眼睛都鼓了！」

護士說得沒錯！我的甲狀腺功能亢進。問題是連護士都看出來了，那位名醫為什麼看不出？所以後來我花幾年的工夫，明察暗訪、蒐集資料，寫了《醫療真實面》。出版的時候，有兩位醫界大老為我背書，也有某大學醫學院的內部網頁叮囑同儕：「別罵這本書，免得為他宣傳。」

我的甲狀腺功能亢進是台大陳芳武醫生治好的，他曾經扯著我的袖子衝去眼科，厲聲責罵一位醫生，為什麼在我眼睛後面注射可體松。我至今記得那天在台大醫院地板上，陳芳武重重的腳步聲，他讓我想起師大的林玉山、廖繼春和陳慧坤老師，他們都是視病如親、視徒如子的性情中人。

我的甲狀腺指數雖然恢復正常，但是心跳慢不下來，加上肺病沒好，年年需要兵役複檢。最後一次是在台北的三軍總醫院，醫生一邊用力壓我眼球，一邊測脈搏。接著戴上手套，居然掏我肛門，說要確定有沒有塞辣椒之類的刺激物。然後，他聳聳肩：「你不必服兵役了！但是你心跳太快，活不長！」

他淡淡的這句話，影響了我一生。加上從小到大，我突然離開親爹親媽、突然失火沒了家、突然吐血輟學、突然屋子被拆，搬到違建區。人生的無常，我看了許多。所以我珍視活著的每一天，從不浪費時間，也很少應酬。近幾年我把大部分書畫收藏捐給了母校和博物館，因為不知道自己什麼時候報銷，早早安排，免得給孩子添麻煩！

真沒想到，我這個藥罐子居然混到古稀之年。朋友都說我顯然不是才子，才子都該早死。我說「好人不長壽」，就因為我這個人，天生有一堆毛病，不夠好，所以活到今天。

今天我又氣喘了！缺氧，出去會胡說八道，只好躲在家裡寫稿，信筆拈來瞎扯一番，是為〈七十夢囈〉。

與范爺共枕

范爺，您好！看到文章的題目，您可別生氣，我絕對沒有褻瀆您的意思。我所說的枕，是「山枕膩，錦衾寒」的「山枕」，枕如山，山如枕，我要跟您共枕的不是枕頭，是「山」！

我去年臨摹了您的曠世名作《谿山行旅圖》，那時候沒想到跟您共枕，為什麼今年卻要共枕了呢？因為我對您的《雪景寒林圖》傾倒得五體投地，覺得只是照樣臨摹不夠，必須跟您在畫上做一番深入的交流，才過癮。

第一次見到您這張畫，是三十多年前在洋人出版的書裡，我當時大吃一驚：

何來這麼好的山水畫？竟不下於台北故宮的《谿山行旅圖》，問題是為什麼我活到四十歲都沒見過？

後來才知道，您這張巨作非但見載於宋代的《宣和畫譜》，而且上面蓋了宋高宗的「御書之寶」印。只是後來流落民間，幾百年沒下落。所幸清朝先被梁清標收藏，又落在安歧的手上，安家子孫把畫賣給直隸總督，總督將畫獻給了乾隆皇帝。一八六〇年英法聯軍劫掠圓明園，一個英兵把畫搶出來，拿到天津的街頭兜售，正巧被當時的工部右侍郎張翼看到，趕緊用五十塊大洋買回家。又怕私藏宮廷流失的東西惹來殺頭之禍，收起來不敢掛，就這麼窩藏百年，直到上世紀的八十年代，才由張翼的兒子張叔誠捐給天津博物館。正因此，您這張曠世之作，沒回台北故宮，也沒到北京故宮，終於落腳天津。

雖然因為露面晚，宣傳又不夠，這張畫的知名度遠不如《谿山行旅圖》。天津博物館可奉為鎮館之寶，平常掛複製品，每六年才展一次真跡。就算去年百歲館慶，也不過展出十二天。或許正因為很少懸掛，雖然是高壽千年的絹本，居然品相完好。從畫上清清白白，沒有乾隆皇帝和藏家舞文弄墨的痕跡，可以知道非但在圓明園它沒被掛出來，就算元明兩代，也可能被束之高閣。

這正是因禍得福啊！要不是因為元代開始崇尚文人畫，認為您的作品太沉重，既沒黃大癡的瀟灑、倪雲林的野逸也沒有徐青藤的縱肆和八大山人的疏宕，於是故意冷落，絕不可能保存得這麼好。而今這張畫除了皮膚顏色變深一點，簡直就是凍齡嘛！

問題是跟您在台北故宮的兩張大作比起來，您這張畫好像受到一些不公平的對待。譬如《谿山行旅》，董其昌在「詩塘」上大剌剌題了「北宋范中立谿山行旅圖」，那時候還沒人發現您把「范寬」兩個字藏在樹叢當中，董老哥就能確定是您的大作，想必因為畫實在太好了，好得非您莫屬。台北故宮還有一張您的大作《雪山蕭寺圖》，您根本沒簽名，王鐸老哥也在詩塘發揮，非但說那是您范爺

戊戌年冬以范寬法寫雪景寒林圖於鳳巢樓 吉祥劉國江

仿北宋范寬雪景寒林圖
劉墉作・絹本（200×300cm）2018

的作品，而且歌頌您：「公以第一流人，錫天下第一畫。」「靈韻雄邁，允為古今第一。」

問題是您的這張《雪景寒林圖》，跟《谿山行旅圖》一樣，在樹幹上藏了您的簽名「臣范寬製」，為什麼好多評論家反而存疑，只為您不曾在宮中供奉，卻自稱「臣」，所以猜那不是您范爺的真跡？

這也太迂了吧！您在當時已經享有盛名，朝廷不可能不注意，就算您「性嗜酒落魄，不拘世故。」也不表示您就不能特別作張好畫給皇上，在畫上「禮貌一下」啊！

話說回來，那幾個字也可能是後人加的，後人不是「偽造」，而是幫您補個名字，這在收藏界是常有的事。何況就畫論畫，除了您范爺，有誰畫得出這張《雪景寒林圖》？如果另有其人，為什麼見不到其他作品？

您這張巨作，非但比《谿山行旅圖》大三分之一，而且無論構圖、用筆、造境都不在其下。《谿山行旅圖》是「巨碑式」的山水，迎面一座大山，給觀者震撼。這幅《雪景寒林圖》，您則把主山向左移，依然發揮泰山壓頂的力量，但是把右邊留出來，安排了遠近層疊的高山小丘。使得畫上除了壯闊也有悠遠，除了陽剛也有陰柔。

在高一百九十三公分、寬一百六十公分的畫面上，您真是盡力發揮，除了樓觀人家，還布置許多條小道，相互連接，讓欣賞者可以順著遊覽。民宅分三進，圍籬後有小路上山，通往寺院。主山右側也有小道，伸向雲深不知處。最妙的是近景小橋，可以從山坡後面通往民宅，沿著溪邊又有羊腸鳥道，隱隱約約地伸向更遠處的山坳。

范爺！臨摹這張畫，我更佩服您對山石的描繪。您以山的棱線作中軸，像荷花葉脈似地向下開展，再用濃墨畫山頭樹叢，配合所謂「披麻、散麻、小斧」和「雨點皴」，表現陰陽向背和岩石的節理。

提到「雨點皴」，大家都說是您范爺的獨門武藝，但我認為您只是為畫山而畫山，需要怎樣表現就那麼畫。看似小雨點的筆觸，沒有固定形式，常常是以乾禿的毛筆逆鋒戳，也可以說您畫出一些麻麻渣渣的筆觸，目的在表現岩石的粗礪。您自己不會說那是雨點皴，這名稱是後人自作多情，硬加在您頭上的。

您的寫生功力可真深厚啊！您說「與其師於人者，未若師於物」，於是躲在終南太華山中，「對景造意，寫山真骨」。從這張作品可以知道您觀察的細膩，譬如雖然說是「雪景」，卻只有在比較平坦的地方積雪，至於山崖，因為是垂直的，雪留不住，所以露出下面的岩石。水面未結冰，樹上也不見積雪，連樹根都露出來，顯然您描繪的是大雪過後一陣子的雪霽。

您的寒林枯枝也畫得太妙了！除了樹幹上的鱗皮癭結用皴擦表現，樹枝是以半禿的小筆畫成，看似密林，卻很通透，也可以說您很小心地把樹枝交織成網狀，既沒有死墨，又能隱隱約約看到後面的山坡和水灣。這使我想到草間彌生的抽象

仿北宋范寬雪景寒林圖（局部）
劉墉作・絹本（200×300cm）2018

畫，您是以寫生加上透視，再創造了一個真實的印象。

提到枯枝，大家八成會講您畫樹用「鹿角枝」。中國人有崇古和套公式的毛病，如同好多練武的，每出一招都喊個像是「老猿掛印、樵夫之路、古樹盤根」類的名稱。似乎只要練得幾個絕招，就能稱霸武林。但令人不解的是，我最近在網上不止一次看到，平常袖子一甩就能搧倒一群徒眾的太極名家，怎麼碰上「格鬥士」，沒兩分鐘就滿臉是血地趴下了。

大概因為好多練武的人只記得表演的招式，卻忘了實戰吧！好比畫畫的人，忘了他畫的是畫，只記得那些皴法和筆法。怪不得歷代不少打著您范爺招牌的作品，都只是堆砌「雨點皴」。三百多年前的王時敏如此，近代的謝稚柳也差不多，好像把石頭畫成「大麻臉」，就能抓住您范爺的神髓。問題是您真以通篇的雨點來表現山石嗎？顯然不是！

我一邊臨摹，一邊感慨，如果大家都只想到套公式，用現成的符號來畫畫，會不會如同記得死板招式的武術名師，只見皮毛、不見筋骨，表演固然精彩，實戰卻不堪一擊？

范爺，我再多講幾句，只怕石頭就要飛來了，所以我要與您共枕，對您耳邊說悄悄話。更要厚臉皮，以您的風格畫幅畫，跟您的《雪景寒林圖》連接在一塊兒。

首先因為您的主山在左側，右邊山勢逐漸趨緩，順著這個「勢」，我畫的山頭不敢太高，又由於坡勢較緩，雪也得積多些。

前景的水，我將它向右延伸成一條大河，遠處有碼頭，停幾艘小船。順勢往上看，有漁家，掩映在寒林間。

您既然畫了小橋和房舍，屋內又似乎有人憑窗，我就畫個騎驢的旅人，帶著挑擔的小僕，正要過橋回家吧！風雪故人歸，多好啊！

因為工程太大，我先在台北對著高清的複製品臨摹，完成左邊那幅，再把絹帶到紐約，創作了右半邊，兩幅加起來居然成為上下兩公尺，左右三公尺的大畫。

右邊因為多半是我造的，所以在畫邊上題「戊戌年春以范寬法寫雪景寒林圖於氤夢樓，古稀劉墉記」。左邊是偷您的，我只敢在樹幹上用蠅頭小楷寫「戊戌年劉墉臨范寬雪景寒林圖」。

范爺！我從四十歲就想臨您這幅畫，拖到七十歲終於完成，而且沒得到您的批准就狗尾續貂。畫得好不好我不敢說，但敢說用了您范爺的風格，而非打著您的旗號，硬搞一堆「雨點皴」，因為我知道：

打的是拳，不是套招；寫的是文章，不是掉書袋；畫的是藝術創作，不是符號堆砌。北宋劉道醇說得好：范寬「不資華飾，在古無法，創意自我，功期造化」。

夢的輪回

二十幾歲的時候，我曾經應德國航空公司的邀請，去歐洲採訪，最記得從法蘭克福到不來梅，接著要坐船去北海的黑格蘭（Helgoland）小島。因為趕船班，臨時叫不到車，只好拖著行李跑。記憶中兩邊是黑瓦土牆的連棟樓房，地上是石塊鋪成的老街。那時候行李箱還很少有輪子，我的箱子裡裝著十六毫米的攝影機跟幾十盒電影膠捲，重極了！實在提不動，只好拖著走。街上幾乎沒有人，行李箱在石板上滑過，發出很大的的聲響，大概吵到居民，好幾扇窗子，打開，又重重地關上。路的盡頭是不來梅港，看到閃閃的水光。覺得路好長，好尷尬……

從那時起，我就常作同樣的夢，依然是記憶中的場景，但是多了情節：

我是個海員，停在異鄉的港灣，認識個美麗的女孩，每天陪我出遊，並且拉我住進她的小樓。

船要開了，女孩淡淡地說：「不送你了，免得我心傷。而且，下面還有船來，說不定，我會遇到另一個你。」

我輕輕為她掩上門，下樓梯，再關上大門，獨自拖著行李走過石板道，發出呱啦呱啦的聲音。兩邊好多窗子打開，昏黃燈光下探出人影。夜涼，石板道上有露水，反映著閃爍的光暈。路的那頭是一輪滿月、寂寥的碼頭和顫抖的波光。

一直到今天，我還常做這個夢，我想是因為那一年拖行李箱的狼狽記憶，刻畫在心裡久久不去。也可能我的某一世，曾經真是個漂泊的海員，到了這麼一個異國的港口？只是為什麼我只能記得一次邂逅，卻不曾重溫舊夢？難道我再也不曾在那海港停泊，抑或我一去再去，卻不能找到她。又會不會正因此，我總作同樣的夢？

想起川端康成的名作《伊豆的舞孃》，青澀少年獨自來到異鄉，遇見個讓他傾心的少女，似乎沒發生什麼也發生了許多；似乎沒做過表白，卻已經別離。那種若有若無的淡淡愁緒，陶醉了千萬讀者。是啊！正因為短暫，所以會傷逝；正因為是露水，所以不沉重；正因為是風塵，所以不負責。正因為得不到、不得到，所以有餘情。

那女孩是做什麼的？會不會真是個送往迎來的風塵女子？送走一個，迎來一個？但是如果只取一段，不問昨天，也不想明天，何嘗不是一段浪漫的相遇與別離。而且如果真有輪回，每一世有每一世的愛，每一生有每一生的家，在這天地之逆旅，每個人不都是漂泊者，來了又走了嗎？

離別

劉墉作・紙本水墨設色（70×43cm）2019

二十九歲就根據這個夢境，寫了首詩：〈港〉附在這兒，請大家看看我年輕時的浪漫情懷！

港

妳看到那港口了嗎？就在這路的盡頭
沒有！我只看見那片紅紅的晚霞
在那晚霞下面有瀲灩的水波
在水波的這頭就是那個港口了

你的船是幾點鐘？
我不知道，但現在去應該是不晚的

我沒有看見船，也沒有桅和帆
那港口似乎是空空的
這條路像是直直地通向大海
通向別離

港口本來就是最古老的別離的地方
港口是用海水、汗水和淚水混合成的
是跨不出去的腳步的終站
留不住的腳步的起點

港口是邊境
用軟軟的海波做鐵絲網

用燈塔做崗哨
用汽笛做槍聲……

不！港口也是最古老的相會的地方
是以飛舞的帽子
美麗的花環
熱情的親吻疊成的地方

燈塔是路標
海鷗是信鴿
汽笛是歡呼……

路為什麼這樣不平
顛出了我的淚水
不！是車上的音樂太過感傷
增加了你的離情

但也不要盯著我看
妳的注視會勾出我的淚
但也不要閉上眼睛
那會使妳原本忍住的淚水
撲簌簌地掉下來
但也不要向前看

別離的港口已經到了眼前
我們怎麼辦呢？
讓我們擁抱吧
將彼此的淚水偷偷灑在對方的肩上
並擦乾眼角
然後我們便相對笑笑
輕輕地道一聲珍重

然後妳便悄悄滑下車
像往日一樣輕快地跳上石階
掩上妳的門……

哦！親愛的
直到別離，才發現愛妳
可是已經晚了
每一個還能再見的別離的夜晚妳都不說
卻在這個無法盼望的時刻
說出我盼望許久的話

沒有別離如何知道相愛？
相愛的人哪個不會別離？
為什麼我們不早一點來看看這個海港
為什麼我們今天不只是來看看這個海港呢？
為什麼你堅持要走？

因為已經到了路的盡頭
路的盡頭是晚霞
晚霞下面是瀲灩的水波
水波的這頭是港

我們既不是在這港口相會
便只有從此別離

雲水之歌
劉墉作・紙本水墨淡彩（86×62cm）2019

自有我在

印我一生

聽張大春的廣播節目，說因為平版印刷普及，台灣的活字版已經走入歷史，所幸僅存的一家鑄字行發展為文創產業，而且開放參觀教學。這消息令我興奮極了，趕快上網查到地址跑去。當天下雨，我沒帶傘，台北老市區太原路的巷子又窄，我早早下車，淋了好長一段路，挺狼狽。但是才看見「日星鑄字行」幾個字，精神就來了。

只見店裡一排又一排的鉛字架、成套鑄字用的銅模，還有為鉛字融解重生的鑄字機。老闆張介冠正為八九個學生講課，他們大概都是學設計的，在這電腦排版的時代，能放上幾個「有分量」的鉛字體，確實更有「人味」。張老闆說常有學校團體來參觀，有些老師還會買學生姓名的鉛字，送給學生當畢業禮。也有學生好奇，要求自己用鉛字排版印刷呢！

他這句話讓我一下子飛回了高中時代，那時候我擔任校刊編輯，常常遞個公假條就溜出校門，半天泡在印刷廠。手寫的稿子都得先交給「手民」撿字，只見他們掌心攥著稿子、手指抓著小木盒，一邊看稿，一邊從鉛字架上撿字放進盒子，好像根本不必看架上的字，一隻手上下左右像雞啄米似的，快極了！撿好的鉛字送給排版師傅，把鉛字一排排碼好，行與行之間用小木片隔開，再用細繩子綁緊，接著放上「打樣機」，在鉛字上滾油墨，放張白紙，再拉動個厚重的滾軸狠狠壓過去，拿起那張紙，就可以看見印好的文字了。

第一次見到自己的手稿變成整齊的鉛字印刷，那興奮是現在人難以想像的。因為如今電腦打字都整整齊齊，不像幾十年前，寫得再工整都不及排字印刷的。

就算狗屁文章，印出來也覺得氣宇不凡。

那時候除了報社用「輪轉機」，小印刷廠多為半自動，而且必須由工人把紙一張張「餵給」機器。記得有個工人站在高高的機臺上，一邊把紙推進機器，一邊低頭對我瞪著眼睛說：你別以為這很簡單，就算老手也只能連續餵八百張，過了那個數字，不知為什麼，就會把紙送錯地方。當時少棒正紅，他比喻得很妙：「就像打棒球，再高明的投手也會暴投」。

才進大學，我就參加了「中國文藝協會師大分會」，擔任社刊《文苑》的美編。而且因為我常常溜課，比較有時間窩在社團，所以第二年就成為了社團負責人。我主編的第一本《文苑》還是鉛字印刷，但我沒找以前熟識的印刷廠，而是交給便宜三分之一的某校印刷科學生。這下麻煩了！學生技術不好，版子沒放對，除了裡面有兩頁前後倒反，使我後來不得不一頁頁往裡夾。更糟糕的是封面得重作，因為封底三個圖片，其中為蔣公賀壽的一張，我明明設計在最上方，卻被排到了最下面。這在當年是大事，非改不可！但不知印刷機的壓力不夠，還是鋅版磨損了，重印的圖片模模糊糊，連「蔣總統」三個字都不見了。

「鋅版」是我最感興趣的，因為我設計的插圖都得先曬到鋅版上，用硫酸腐蝕出凹凸之後才能印刷。硫酸很可怕，我有一次回家發現褲子破個洞，八成就是碰到了廠裡的硫酸。令我印象更深刻的是，有一天看見廠裡幾個跟我差不多大的男孩，為了「套色」，正照著我設計的原稿，用手工在膠片上用藥水重描一遍。五十多年過去，那一幕還留在我心中，因為我覺得很不公平，我們一樣，憑什麼他們要這樣為我服務？連我畫錯的地方，他們也得照描。

第二期的《文苑》改成屬於平板的「蛋白版」印刷。「蛋白版」是先在金屬或塑膠版上塗蛋白藥水，再把要印的稿子拍成「陰片」，曬在版子上。我畫的插圖終於可以配合中文打字，直接曬版了！我小時候就在父親辦公室見過中文打字機，那是個大大平平的字盤，各種文字都排在上面，打字的人前後左右推動字盤到正確的位置，一按鍵，就有個夾子把字夾起來，像英文打字機一樣，狠狠打在最上面的白紙上。雖然字體種類不多，但是比鉛字排版便宜得多。

大學畢業的第一年我就出版了處女作《螢窗小語》，那是我在電視節目《分秒必爭》裡的開場白，每篇都很短。我先給一家出版社，問他們能不能出？沒想到主編斜斜地拿著我的稿子，在我面前晃一下，說「這麼一點點，您自己印吧！」我又拿給中視的出版部，也碰個釘子。

幸虧學生時代總跑印刷廠，我就找印《文苑》的那家幫我印了幾千本，又聽人說這種薄薄的小書只能在雜誌攤賣，所以去找當時做雜誌總經銷的「星光書報社」。還記得我那天抱著一落書，爬上武昌街窄窄的樓梯去拜訪林紫耀老闆，二人談得很投機。才隔幾天就接到他的電話：「快送一千本過來！」接下來幾乎隔天就催貨，我自己印的七千本，一下子全光了。找印刷廠再版，卻說版子已經拆掉。幸虧以前用過「蛋白版」，雖然品質不佳，但不得已，我只好把第一版的書交給製版廠，由他們一頁頁重組，翻曬成蛋白版印刷。

《螢窗小語》第一集用蛋白版不知印了多少萬本，我後來常說我是自己做自己的盜版。這句話沒錯！當年盜版多半用便宜的蛋白版，缺點是每次印不了幾千本，版子就磨損了，很容易把文字印不見。因為趕工也出過不少狀況，有一回，我拿到剛印好的新書，發現封面用指甲一刮，就能把油墨刮下來，問印刷廠，說為了趕時間，在油墨裡加了太多玉米粉。說實話我至今想不通，為什麼印刷的油墨裡還要加食材。

《螢窗小語》連續出了七集，除第一集用蛋白版，另外六集全是鉛字印刷。鉛字耐久，只要不把版子拆掉，印十幾萬本都不成問題。但鉛字印刷也有危險，因為「活字版」是活的，一不小心就可能掉字。有一次我拿到剛印好的再版書，隨手翻了翻，大吃一驚，怎麼「李清照」變成了「李清熱」？細細校對之後，同一篇文章居然錯了好多字。那已經是再版，前一版沒問題，這一版怎麼會錯呢？

原來是印刷工人不小心把版子掉在地上，怕被罵，自己偷偷重新撿字，排了那一頁。

《螢窗小語》本本暢銷，出到第四集，我已經還清了房屋貸款，正好美國丹維爾美術館請我作駐館藝術家，於是在一九七八年出國。我教的是中國繪畫，這方面的英文教科書很少，我決定自己寫幾本，所以連續幾年，都利用寒暑假回國製作畫冊。

當時國內的出版很興旺，雖然平板已經普及，很多文字書還是用鉛字印刷，尤其幾家老出版社，很自豪地說他們的書摸起來就是不一樣，因為有鉛字壓的痕跡，不像平版，沒個性！

我的畫冊是彩色印刷，品質要求高，不得不用金屬的PS版。跟我合作的是「沈氏印刷廠」的沈金塗老闆，那時候他的廠在萬華，雖然已經用德國進口的機器，卻一次只能印兩個顏色。比起後來黑藍黃紅四個顏色一次完成，能夠立刻調整的

「四色印刷」，「雙色印刷」實在是冒險。因為只印完兩個顏色，不知道對不對。記得有一回櫻花印淡了，我跟沈老闆半夜把印好的東西重新上機，再印一次紅色。還有一回，發現有個字不清楚，重新曬版來不及，我居然爬上印刷機，自己用小刀硬在版子上刻了幾筆，這都是野狐禪，成果居然不錯。沈氏藝術印刷廠也一再擴張，股票上櫃，成為印刷界的領軍者。

隨著平板印刷的進步，鉛字排版的品質已經不夠，因為那些「壓」出來或「打」出來的字，筆劃邊緣不夠清楚，幸虧這時候有了「照相打字」。

從活字排版廠到照相打字行，好像從農業時代跳進太空時代。推開厚厚的玻璃門，裡面黑呼呼、冷颼颼，只見一台台大機器如同太空艙，裡面各坐一人，在很有情調的燈光下操作。也不像傳統的中文打字機，噠噠噠噠吵死人，而是「潤物細無聲」除了冷氣，裡面還有一股藥味，好像進入化驗室。

原來照相打字的原理跟洗照片一樣，是讓光線透過文字的「負片」，再經過鏡頭調整，「成像」在感光相紙上。同樣一個字的底片，只要調整鏡頭，就能變成大的、小的、長的、扁的、斜的。因為是「感」光，不是「打」字，那些字體黑白分明，清楚極了！感光之後的相紙要拿去沖洗，所以有化學藥水的味道。

照相打字也有它的缺點，就是要一個字一個字地算錢，比傳統打字貴得多，而且打出來的成品是一張張照片，字體、行間都固定，就算只改一個字，也得動手術。

確實是動手術，我得先用刀片把要改的一行字（或幾行字）切開，將相片藥膜上的字小心地剝起來，把要加的字貼下去、要減的字割下來，再將剝下來的字重新黏回去，常常牽一髮而動全身。

因為龜毛的個性，我不容許有半毫米的誤差，所以總用個像是圓規的「分規」測量。沈氏印刷廠有不少美工，有一次我去，才進門就發現一位小姐偷偷對其他小姐伸出兩指，露出詭異的笑。我問為什麼？小姐說：「意思是你來了，大家要小心！你口袋裡不是都帶著那個像圓規的小東西嗎？我們差一點點，你就要我們重做。」

我也會深更半夜去印刷廠督印，有一回夜裡十二點，才進門就看到一輛遙控的玩具車在印刷機之間飛奔，還差點撞到我。雖然我沒告狀，但是據說第二天領班就自請處分。

還有一天，我在家突然接到印刷廠工人的電話，說他發現書上有錯字。第二天我特別請廠長給這工人記功，但是廠長說那工人不專心，正要給他記過呢！我說「他居然發現我書上的錯字，太不簡單了！」廠長說「就是不認真啊！版子曬好，他不趕快印，卻趴在上面讀你的文章，所以才能看到錯字。」

我的畫冊是中英文版，有一陣子紐約曼哈頓中城，包括邦諾（Barnes & Noble）等三家大書店在櫥窗裡擺我的書。但我賣一本賠一本，因為書都用包裹從台灣寄來，郵費很貴，書店折扣又要得狠。更糟的是因為抬一箱箱的畫冊，使我四十歲就有了腰椎的問題。還有個挫折，是有一年我印了月曆，書店老闆一看就喜歡，但是當他用鉛筆在月曆上才寫兩筆就搖頭了，因為美國人習慣在月曆上記事，我用的紙張太光滑，鉛筆寫不上去。

從十七歲到七十歲，從鉛字排版、中文打字、照相打字、電腦打字、鋅版、蛋白版、PS 版到電腦直接輸出的 CTP 版，加上在師大學的篆刻、絹印和後來在研究所學的「石版印刷」，我似乎經歷了整個印刷的演變。我必須說印刷影響了我半生，如果沒有學生時期跟印刷廠接觸的經驗，懂得自己出版，我的《螢窗小語》很可能見不了天日，更不可能後來一本接著一本寫，甚至成立「水雲齋」，成為專業的作家和出版人。

而今我的櫃子裡還擺著五十年前編校刊時留下的鋅版、四十年前從京都買回的「浮世繪」套版、三十年前民俗學家張木養送我的《往生神咒》古版、十二年前北京盲文出版社送我的許多鉛字。近年來我還把死掉的蘭花葉子都收起來，打算有一天浸泡分解為紙漿，製造成蘭花紙，自己製版、自己印刷，再親手一針一針，作成穿線裝的小書……。

雖然年逾古稀，對印刷這門手藝，我還是一往情深呢！

咖啡老豆

我有食道逆流的問題，只要一天不吃藥，酸水就能湧到喉嚨。醫生說別喝咖啡了，我大驚道：老夫煙酒不沾，連餐館都很少去，你再禁我咖啡，我還活著幹什麼？

我十五歲就開始喝咖啡，全是受僑生的影響，那時候我家樓下住了幾個馬來西亞僑生，每天下午都把濃濃的咖啡香，送過長長的走廊和窄窄的樓梯，送到我二樓的書房。偏偏我因病休學，天天在家，去廁所又一定得經過他們的房間，只要探頭看一眼，就能蹭來一杯香醇的咖啡。

僑生畢業離開了，我卻有了咖啡癮。那年代似乎還沒什麼即溶咖啡，所幸點心鋪賣一種方糖咖啡，八成也是南洋的，包裝紙很脆，打開來常把糖粉灑一地。大大一塊，外面是糖、裡頭包著咖啡粉。只要扔進開水，馬上溶成一杯。記憶中那咖啡香極了，每次沖咖啡，都有幸福感。但不知是否因為咖啡粉沒經過濃縮，不能完全溶解，我得邊喝邊攪，喝下去有點沙沙的，而且特別濃，讓我失眠。

大學時代開始泡咖啡廳，那時候最愛帶女朋友去西門町，戀愛三部曲是吃飯、看電影、泡咖啡廳。進咖啡廳之前先得看清招牌，一種是「音樂咖啡廳」，一種是「純喫茶」。前面的多半「有顏色」，後面的才是可以聊天讀書的。但我相信除了周夢蝶在門口擺攤的「明星咖啡館」，不會有人去咖啡廳讀書，因為半個字也看不見。推開厚厚的門，剛進去簡直伸手不見五指。椅背極高，加上旁邊有盆栽或竹簾，誰也不知道裡面正在發生什麼事。

大學畢業，我進入中視新聞部，辦公室門口有個咖啡器，進門第一件事就是倒咖啡。這幾乎成為我上班的儀式，不把咖啡放在桌上，喝一口，新聞稿就寫不出來。新聞部經理自己不倒，由工友侍候。某日工友生病，一位攝影助理自告奮勇，把咖啡調好送進去，接著聽見裡面大咳大叫和嘔吐聲，原來助理把洗衣粉當成奶精了。好一陣子，同事們都猜經理是不是得罪了那位助理，還有，為什麼洗衣粉會放在咖啡機的旁邊？

一九七七年我到巴黎製作《歐洲藝術巡禮》，領教了另一種咖啡。那天我從旅館出來，抬頭看見埃菲爾鐵塔，決定走路過去。穿街轉巷抬頭，鐵塔似乎在眼前，卻走到天黑才到。鐵塔的門已經鎖上，我沒帶水，走一下午，渴死了！總算找到一家咖啡廳，急急點了一杯。沒想到侍者端上「小人國」的產品。我問「怎這麼小杯？」侍者聳聳肩撇撇嘴說「你要美國咖啡嗎？去美國！」他那眼神說不上來是輕蔑還是同情，但我一輩子不會忘。

一九七八年我果然去了美國，剛到時有兩種味道，留下深刻的記憶，一個是洗碗精的香味，因為我在國內不洗碗，去了之後住在朋友家裡，搶著洗，所以對洗碗精留下百味雜陳的記憶。另一種香味就是咖啡了，天涯共此時，月亮從哪裡看都差不多。咖啡也一樣，無論你在哪個國家，四周飄著咖哩薑黃抑或花椒孜然的味道，咖啡香總是差不多的。

隻身在紐約的那段日子，我都沖三合一的咖啡，一人喝，一人望著窗外，然後晚上失眠。失眠夜特別有靈感，輾轉反側不如再來杯咖啡。所以那陣子我寫了不少東西，《點一盞心燈》就是沖一壺咖啡的產物。

全家都到美國之後，我不用自己煮咖啡了，奇怪的是，我的失眠也好了，就算下午連喝四大杯，也不會失眠，所以我總是很諂媚地對太太說：「你是安眠藥」！

老婆調理的咖啡比我講究多了，她會去咖啡專賣店買不同的豆子，組合出豐富的味道。有的焦一點，有的酸一點，有些帶榛果或杏仁的味道。有一天我跟太太上街，順道拜訪那個專賣店，想必因為太太是熟客，店員一邊包咖啡豆，一邊上下打量我，對我笑。

過不久，大概因為教美國毛孩子的壓力太大，我心跳過速的毛病又犯了，想起在咖啡店裡看到沒咖啡因的豆子，我對太太說這陣子心慌，給我摻一點 decaffeinated 的咖啡豆吧！太太聽了一笑：「你幾時喝有咖啡因的了？我從沒買過有咖啡因的，只是叫店員別寫在袋子上。」

在美國教了十年書，我回國為林玉山老師編寫《林玉山畫論畫法》。有一天談到喝咖啡，林老師說「啊！你美術系的學長，印尼僑生剛送一大包咖啡給我，我不喝，你拿去吧！」果然好大一包，用塑膠袋跟牛皮紙包了幾層，我興匆匆地拿回家，打開來，只見很黑很黑的粉末，沒聞到什麼咖啡的味道。放進壺裡煮，都冒泡了，像醬油，還是聞不到咖啡香。嚐一嚐，很好喝，仍不確定是咖啡。直到躺上床，整夜睡不著，才知道那真是咖啡。

當時台灣特別講究咖啡文化，甚至有長裙曳地的女生跪在顧客前面煮咖啡，喝完之後還奉送杯子。我也追時髦，辦備了成套的虹吸式咖啡器，上下兩組玻璃壺，中間有棉質的濾網，咖啡在上、水在下，最底下點酒精燈。麻煩的是：我常煮上之後，去寫稿，回頭，玻璃壺已經燒破了。就算點火之前，對自己千叮萬囑別忘記！還是會把壺燒壞。

喝了將近一甲子的咖啡，我簡直成了咖啡信徒，只要有人說咖啡不好，我一定拿出一堆資料反駁：咖啡非但提神，而且抗氧化、抗憂鬱、防乙型糖尿病和肝癌，還能防老年癡呆，而且醫學統計一天喝三杯以上，好處才明顯。

我就一天喝四杯，午餐後一杯，下午創作時一杯，晚餐後一杯，睡前再加一杯，喝不完甚至帶到枕邊，半夜渴了，喝兩口。

如果有人罵我睡前喝，是存心找自己麻煩。我一定回他：「不喝怎有精神作夢呢？」妙的是如果我當天吃了很多巧克力，或咖啡冰淇淋，晚上那杯咖啡可能喝一半就擱下了。表示我有個咖啡量，不喝不舒服，達標自然停。

不過家裡的咖啡豆還是太太去買，她說我喜歡喝焦一點、苦一點的，必須買某個牌子。我偶爾會偷偷把咖啡罐拿來，戴上老花眼鏡，細細讀上面的說明。因為喝遍世界的「咖啡老豆」，古稀之年不能再上當了！

劉貓關門嘍

我愛貓，我的兒子也愛，我猜他小時候甚至懂得貓語，因為他的「胎教」就是「貓叫」。我太太懷他的時候總抱著貓，肚皮裡面是兒子，外面是貓。兒子出生之後叫「劉軒」，貓叫「劉貓」，比劉軒大一歲。

那時候我住在台北市長安東路的違建區，大雜院裡有四家，跟我緊鄰的姓戴，兒女都傑出。有一天傍晚，我聽見戴先生對著女兒大吼：「怎麼帶這麼個東西回家？找麻煩哪！明天扔掉！」接著聽見那女孩哭，哭一陣子不哭了，改成喵喵喵的小貓哭，哭了一夜。

第二天早上看見那小女生出門，手裡抱著一個盒子，我追過去問是不是貓？她點頭說爸爸不讓養，要扔掉，一邊說一邊擦眼淚。我說給我好了！我會養。小女生就笑了！

我和太太兩個人輪流用眼藥瓶裝牛奶餵劉貓，沒多久牠就能四處跑了。大概因為從小由人餵大，又總被我們抱著，劉貓非常聽話。一般貓會耍「酷」，叫牠，牠不一定來。劉貓一叫就來，而且邊走邊哼，好像說「別急別急，我來了！我來了！」

也就因為由人帶大，沒有貓爸貓媽教導，又沒經過街頭歷練，劉貓連老鼠都不認識，甚至跟老鼠做朋友。有一天我聽見貓碗那邊傳出喝湯的聲音，卻見劉貓蹲在不遠處，過去看，原來一隻尖頭的大老鼠正在喝劉貓的蛋花湯。我拿棍子打老鼠，老鼠四處鑽，一邊跑一邊尖叫，劉貓居然追著看熱鬧，我怕打到牠，只好一手抱貓，一手拿著棍子追打，讓老鼠硬是溜掉了。

大概人鼠大戰太激烈，第二天隔壁戴先生還過來問我怎麼回事？我說有隻尖嘴的老鼠很會尖叫，戴先生居然說「那是田鼠，又叫錢鼠，不能打，牠是給你送錢來的。」但我才回屋，就聽見他罵女兒：「都是你找麻煩，那貓夜裡鬼叫，吵得我睡不著覺。」

確實如此，劉貓長大就不老實了，成天想往外跑，出不去，就發出像娃娃哭的叫聲。我實在沒辦法，在牠頭上罩個襪子，沒用，反而叫得更響。有一天牠不見了，不知怎的上了天花板，在上面叫，喊牠牠會回應，卻下不來，我正發愁呢，突然啪啦一聲，劉貓從天而降，還帶下一大塊天花板跟滿屋子的灰塵，讓我已經夠寒磣的家又破了頂。

所幸「叫春」有個季節，過些時劉貓不叫了，但不知為什麼，只要我洗澡，牠就會發瘋似地在門外邊叫邊跳，浴室上面兩片玻璃是透明的，只見牠一跳一跳露出的貓頭。放牠進來，立刻就不叫了，站在旁邊很專心地看我洗澡，濺一身水也不怕。這事我一直不解，最近看馬未都的節目，才知道男人的那個像老鼠，所以貓愛看男人洗澡，公貓也一樣。

劉貓跟著我長大，還是很有文化的，我看書的時候牠常跳上桌子，坐在書上，我必須一次又一次推開牠的大屁股，才能看下一行。我畫畫的時候牠也愛湊熱鬧，有一天我正作畫，牠哼哼唧唧跑過來跳上桌子，兩隻前腳正好踩進硯台，接著跑過我的畫，硬把我將近完成的山水畫變成「墨梅」。

劉貓跟劉軒一起長大，當然跟劉軒很親，劉軒剛被抱回家，劉貓就好奇，不斷探頭嗅小奶娃。劉軒在娃娃牀裡一哭，大人沒到，劉貓先到，站得直直地扒著欄杆看。我太太雖然懷孕時整天抱著劉貓，但是從生孩子就變了，只要看到劉貓扒著小牀看，過去就一巴掌，她的道理是怕劉貓會嫉妒劉軒。

所幸劉軒夜裡都跟奶奶睡，劉貓還是跟我們睡，冬天牠會從床的邊緣，鑽進棉被裡，一點一點往裡拱。夏天則睡在棉被上面，沉沉地壓在我和太太之間，讓

錢鼠貓戲圖（局部）
劉墉作・紙本水墨設色（60×83cm）2020

我們翻身都難。更麻煩的是有時候牠會睡到我頭的上方，兩隻腳在我頭左邊，兩隻腳在右邊，把我的腦袋圈在中間。那陣子我常半夜哮喘，還急診進過醫院，醫生說是對貓敏感造成的。我笑說：沒辦法啊！我的貓非跟我睡不可。

在劉貓心裡，跟我們睡一定是大事，如果我們忘了牠，關上臥室門，牠除了在外面亂抓而且會嘶吼。所以我關門之前一定先喊：「要睡覺嘍！劉貓關門嘍！」這時候就算牠原先躲在地板底下，也會立刻出現。最記得有一回牠遠遠跑來，因為跑太快，煞不住車，在臥室門口的地板上滑了好長一段，重重地撞到前面的冰箱。所以一直到今天，我和太太睡覺前還總是笑說「劉貓關門嘍！」

劉貓雖然不會抓老鼠，但是能看家，有陣子我電視錄影，常弄到深夜，每次只要把鑰匙插進大門的鎖孔，隔著院子，已經能聽見牠在喵喵叫。

還有一回，我出去辦點事情，有個學生在我家畫畫。過不久回來，學生不見了，留個條子：「劉貓攻擊我」。我一邊罵貓，一邊竊喜，沒想到「劉貓」還是「劉狗」！

劉貓不抓老鼠，但是會捉蒼蠅，只要發現蒼蠅，牠就激動無比，嘴裡發出顫抖的低吼，但牠不會去窗子上撲，而是等在屋子中間，當蒼蠅飛過的那一瞬間，高高躍起，用兩隻小手把蒼蠅夾住。而且不知因為蒼蠅太美味，抑或牠太得意，每次抓到蒼蠅，牠一定會吃掉，而且邊吃邊吼。我常笑牠：「那麼小的東西，你吼什麼？」

為了總能把握牠的行蹤，從劉貓很小，我就給牠掛了鈴鐺。聽到叮鈴叮鈴響，是牠在走動；聽到一大串鈴聲，是牠在抓癢。牠最愛去的是日式房子的地板底下，我常聽見腳下有叮叮的聲音傳來，然後是卡茲卡茲的刺耳音響，那八成是牠在抓通往院子的鐵窗，想要越獄。牠也總躲在門邊，趁我們開門時不注意，飛也似地鑽出去。每次出去，我都得煞費苦心地找，所幸只要拿著牠的碗，一路走一路敲，八成牠就會出現。但有一次，牠不知怎麼上了房頂，我敲碗，牠會叫，站在房簷

饑鼠殺蕭唱起跳舞
和平博愛占貓失義
見蕭就渡蕭未必富
家有錢蕭第一至八庫

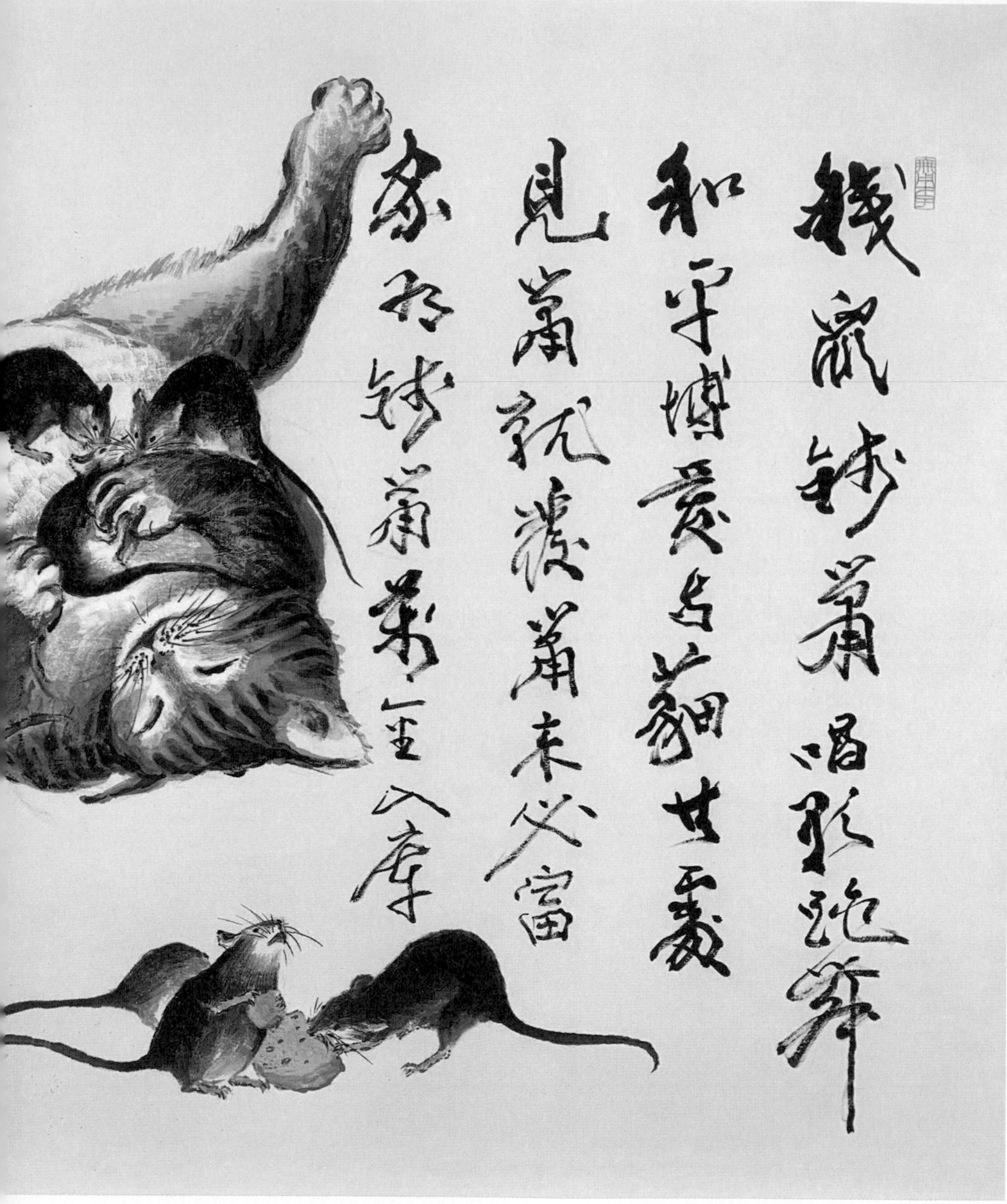

低頭對我哭。最後我只好借個梯子，爬上去把牠抱下來。

劉貓最後一次越獄，不知感染了什麼病毒，起先不太吃東西，總窩在角落睡覺，漸漸身體浮腫，一天比一天大。我拿貓籠過來，以前牠都躲，這次居然自己走了進去。我把牠帶去獸醫院，醫生在劉貓的皮上切個口，立刻流出好多血水，醫生又拿個鑷子夾著棉花往裡掏。我的心在淌血，因為劉貓的毛皮和肉

錢鼠貓戲圖
劉墉作・紙本水墨設色（60×83cm）2020

好像分開了。

當天晚上，牠還吃了幾口沙丁魚，但是沒搶著跟我睡。

第二天，牠沒再出現，敲碗也沒反應，我四處找，連折疊床都拉開來看，還拿著手電筒往天花板上照，都沒牠的影子。母親說昨夜她起牀，看到劉貓站在台階前抬起頭對她叫了一聲，母親安慰牠：「你好疼啊！對不對？你好可憐啊！」劉貓就走進屋角放貓沙的地方。那裡可以通往地板下面，我猜牠一定在那兒，問題是下面很大，牠會在哪個位置？

我拿了大螺絲刀，走到臥室的牀邊，也就是劉貓每天跳上床的位置，掀起一塊榻榻米，露出下面的地板，再用螺絲刀撬起一塊木板，一邊撬一邊心裡說，「劉貓！你乖乖，就睡在這兒吧！別讓我四處找了。」

果然，地板掀開，劉貓平平地躺在正下方。

我把牠抱起來，哭了！正好表弟來，當著他的面哭，我覺得很不好意思，但

錢鼠貓戲圖（局部）
劉墉作・紙本水墨設色（60×83cm）2020

我還是忍不住抽搐。

四十六年過去，今年元旦我帶著兒孫一家，到長安東路一段三十巷三弄找我的老家。因為房子是違建，早已拆除，變成公園。我只能猜想老家的位置，幸虧看到一棵超大的榕樹，那不是我以前牆邊的樹嗎？

我牽著孫子，利用榕樹算出老家大門的位置，往前走：「左邊是你爸爸小時候住的地方，我們有三間房，本來是鐵路工人住的，後來祖爺爺死了，原先住的房子又失火燒光了，公家把我們安置在這兒。你奶奶也是嫁進這個貧民區的院子，每次外婆來，走的時候都會站在長安東路上，一邊等車，一邊掉眼淚。再往前走是公共廁所，每次客人要上廁所，爺爺都覺得很丟臉，因為實在太髒太臭了。廁所過去，是一小塊空地，堆滿了瓦礫，再過去是圍牆，牆外就是華山駁車廠。來往台北和基隆的火車都從這兒過，火車頭在這裡維修，也和車廂在這裡連接。它們是用撞的方式連接，發出很大的聲音。尤其夜裡，那驚天動地的噹一聲，咱們屋子都會震動，接著哇一聲，你爸爸被嚇哭了！」

我蹲下身，摸著草地，回頭對孫子說：「這下頭睡著劉貓，你爸爸的好兄弟、好玩伴，三歲就死了。你奶奶雖然不喜歡任何小動物，但是很愛劉貓，直到今天，爺爺奶奶睡覺前還總會說『劉貓關門嘍！』想像牠衝過來的黃色身影，以及牠煞不住車，撞在冰箱上的砰一聲……」

青鳥百鈴花（局部）
劉墉作・絹本沒骨（90×67cm）2020

花草鍾情

踏雪尋梅

不知是否因為太受寵，從小我就自以為是。記得剛上幼稚園的時候，早上到學校，老師總帶著大家唱「老師早呀！同學早呀！」我學會了，回家很得意地唱給媽媽聽：「老師遭殃！同學遭殃！」媽媽說「錯了！不是遭殃，是早呀！」我不認錯，扭頭就走，爸爸下班唱給爸爸聽。爸爸居然也說「不是遭殃，是早呀！」還轉頭問我娘「兒子怎麼會說遭殃？這個詞兒挺深，兒子居然會，不簡單！」這下子讓我更得意了，無論他們怎麼糾正，我還是堅持「老師遭殃！同學遭殃！」

大概因為我太固執，那詞兒又太刺激，老爸老媽居然一起帶我去幼稚園，請老師告訴我。

我至今記得站在教室外面的走廊上，老爸一左、老媽一右，中間夾著五歲的我，對面是老師，老師蹲下來盯著我的眼睛說：「謝謝你，劉小弟！但是老師不遭殃！同學也不遭殃！是老師早呀！同學早呀！」

另一次我自以為是，就不能全怪我了。那是小學三年級，大家上臺演唱〈踏雪尋梅〉：「雪霽天晴朗，蠟梅處處香，騎驢灞橋過，鈴兒響叮噹……」每個人手上拿個鈴鼓，邊唱邊拍，前兩句用手拍，後兩句攥著鈴鼓往腿上打。這真是過癮極了！尤其往身上打的時候，配合歌詞的「響叮噹、響叮噹」，一個字打一下，特別有意思。我狠狠用力，打得奇響，表演那天居然打掉了兩個「鈴鐺片」，好死不死滾到台下，被個一年級的小鬼撿起來，偷偷放到舞臺邊上，還伸伸舌頭，引起一團哄笑。我倒是一點也沒覺得尷尬，心想這鈴鐺掉在地上的聲音，不是才真像「響叮噹！響叮噹」嗎？

既然得意，當然要表演給爸爸看。那時爸爸已經因為直腸癌住院四個多月，媽媽陪他在醫院，我特別叫了輛三輪車去，站在爸爸病床前，一邊大聲唱，一邊狠狠拍打我的鈴鼓。雖然掉了兩片「鈴鐺」，在醫院那麼安靜的地方還是挺響，引得護士們都跑來了，擠在門口，還叫我再唱兩遍。

每一遍唱完，爸爸都帶著大家鼓掌，還說「我兒真是小天才，會畫畫，還會唱歌跳舞！」接著叫我拿鈴鼓給他看，說改天出院，他可以幫我把鈴鐺裝回去。又問我「你知道什麼是蠟梅嗎？」

我說「老師講了，就是臘月的梅花。」爸爸先怔了一下，問「老師這麼說的？老師錯了！蠟梅不是梅花，那個蠟也不是臘月的臘，蠟梅是另一種花，因為是黃色的，很像用蠟油捏出來的，所以叫蠟梅。蠟是蟲字邊，不是月字邊。」

雪霽蠟梅香（局部）
劉墉・絹本雙面（53×88cm）2019

我立刻叫了起來：「就是月字邊，我有歌詞，不信你看！」可惜那天我只帶了鈴鼓，沒帶譜。任爸爸怎麼說，我都不信。因為那是老師教的，也是譜子上印的。連我離開病房的時候，都忿忿地回頭喊：「爸爸騙人！」

昏暗的燈光下，爸爸斜著身子，瘦削蒼白的臉，靜靜看著我，眼睛裡好像有很多話要說又沒說出來。

這畫面我一生難忘，因為那是我見到父親的最後一面。

直到二十多年後，才在日本京都看到真正的蠟梅。當天酷寒，泥土地都凍得像鐵。我先去「鳩居堂」買作畫用的「山馬筆」，出來更冷了，看見對街公園門口有個冒著白煙的小推車，一位很矮很胖包著青花頭巾的女人，弓著身子在賣烤地瓜，我買了一個，沒吃，揣在懷裡取暖。走進公園，裡面空空的沒半個人，只有烏鴉在高高的松樹上呱呱叫。多半的樹都是禿枝，細看應該是梅花，因為每根枝子上都掛著好多褐色的小花苞，正想如果再晚幾個禮拜來就好了。

突然聞到一股幽香，難道已經有梅花綻放？循香走去，不見什麼梅花，倒是隔著禿枝看見遠處一抹黃。愈走近，香味愈濃，有點像報歲蘭醉人的冷香。一棵九尺高的小樹呈現眼前，如箭的枝條上開滿黃色的花朵。雖然樹形很像梅，但不像梅花綻放得那麼大，重瓣的小黃花多半跟鈴鐺似地低著頭，羞答答的樣子。我繞著樹走，看見樹上掛個牌子，寫著大大的兩個漢字「蠟梅」。

終於見到蠟梅了，想起父親在病床上形容的，那些黃黃的花瓣，果然像是用蠟捏出來的，是蠟燭的蠟，不是臘月的臘！

雖然帶著相機，我卻沒為那棵蠟梅拍照，懷裡抱著烤地瓜，肩上背著照相機，我繼續向前走。好幾次想，為什麼不拍照呢？活了三十多年才見到第一眼蠟梅，能不拍照留念嗎？但是想歸想，不知為什麼我還是連頭都沒回。只記得那股幽香

雪霽蠟梅香
劉墉作・絹本雙面（53×88cm）2019

從背後傳來，走出去好遠，還沉浸在花香中。

又過了二十多年，終於自己種了蠟梅。那是學生送的，原先不過一尺半的小盆景，虯幹、長枝、繁花、才進門就滿室生香。可惜兩個多禮拜過去，花凋了，卻不見新綠。我心想八成只能「一現」，把花移植到院子再說吧！沒想到從此年年綻放，而且每次花開都令人驚喜。

「梅花香自苦寒來」，用來形容蠟梅應該更恰當。因為一般的梅花必經「一番寒徹骨」才能開，蠟梅卻在寒徹骨的時候已經綻放。好幾年都是在大雪之後臨窗賞景，驚訝地發現在白雪覆蓋的枝頭透出幾點豔黃，蠟梅竟然冒著大雪開了。雖然提早綻放的常常只有零星幾朵，但是枝上已經結滿花苞，只要剪一枝進屋，過兩三天就會開。我隔幾日剪一枝，前面的凋零了，新剪的又接上，可以這樣踏雪尋梅半個冬天。

經過二十年，園中的蠟梅已經八尺高，但是我年年賞梅，年年想寫生，卻一直沒畫。因為蠟梅不像一般梅花，花瓣、蕊絲和花藥分明。蠟梅的花瓣很多，而且長短參差，有些長長地伸出去，像牙齒，俗稱「狗牙梅」。又因為防寒，花朵常往下垂著，像倒著的磬，所以又叫「磬口梅」。加上花托很不明顯，一層層裹著，花絲花藥也非常小，藏在花心深處。唯有靠近花蕊有些帶紫色花紋的小瓣，算是素顏上薄施的淡妝。大概也正因為這些含蓄的特色，歷代寫生蠟梅的人不多，即使台北故宮收藏的宋徽宗《蠟梅山禽圖》，也不過點綴十幾朵小花。

今年終於鼓起勇氣作了蠟梅寫生。先用淡墨勾花、濃墨寫枝。我一邊畫，一邊暗讚造物的神奇，每朵花由初綻到盛開，因為花瓣長短和舒展的程度而各有風姿。蠟梅的枝條能朝不同方向伸展，即使生得奇怪，也怪得有風骨，而且因為枝子上有許多結，彷佛黃庭堅的書法用筆，「如長年蕩槳、一筆三過」，即使在一寸的禿枝上，也能見到「頓挫」的力量。

水墨畫完，我把絹翻到背面，為每朵花以胡粉暈染出層次，再翻到正面以藤黃染花瓣。枝幹上點些「石綠」，表現苔痕。接著以胡粉點雪。「雪霽天晴朗」，雪雖然停了，仍堆在枝頭，兩隻小麻雀等不及地出來嬉戲，站在枝梢打鬧，把雪花紛紛震落。

從外面剪進來的蠟梅，因為屋子溫暖，一下子綻放了幾十朵。醉人的馨香中，我恍如回到童年，耳邊響起叮叮噹噹的鈴鼓和〈踏雪尋梅〉的歌聲：「好花摘得瓶供養，伴我書聲琴韻，共度好時光！」更想起我在父親床前邊跳邊唱，跟爸爸辯嘴，臨走時很沒禮貌地回頭喊「爸爸騙人！」

我一邊在畫上題字：「己亥年新正，園中蠟梅盛放，以勾勒沒骨雙反托法寫生……」，一邊在心裡說：爸爸對不起，我錯了！蠟梅確實是蟲字邊，不是月字邊。從京都見到蠟梅的那一天，我就想對您說，拖到現在，因為我很難面對，六十年前在您病房的那一刻。

火鳳凰

我在台北住家的窗外可以看到兩棵鳳凰木，一棵是對街的，一棵是自己社區的。每年初夏，對街那棵總是先開花，火紅火紅地從五十公尺外跳進我的眼簾。可是因為我年年五月底離台，所以常抱怨社區的不開花。直到今年留得較晚，才發現自己社區這棵不遑多讓，只是花開得較遲。

鳳凰花！從小就常聽這名字，好像跟「驪歌」有密切的關係。只要說「又是鳳凰花開的季節」，就表示到了畢業和離別的時候。

離別是淒情的，鳳凰花是美麗的，兩個加在一起，是淒美的。這多浪漫啊！

所以就算我沒見過真正的鳳凰花，中學時寫文章也總說「鳳凰花開了！鳳凰花開了！」一直到大學畢業旅行，車子開進台南市，才在同學呼喊中，貼著窗子往上看，見到火紅火紅的「真身」。

那棵樹總有四五丈高，樹冠像傘，枝條伸展，花很密，都朝著天。所以遠看雖然華麗，真正到樹下，因為上面的花朵多半被下面的葉子遮蔽，只能看見中間一片綠、四周一圈紅。

鳳凰花的葉子也是橫著開展，二回羽狀複葉，一根大葉莖，向左右伸出幾十根細長的小葉莖，每根莖上掛著數十片「米粒大」的小葉。當億萬片葉子重疊在一起，簡直密不透風，別說窺不到上頭的花朵，連天空也被遮蔽。正因此，許多人都說鳳凰樹高，下頭通風涼快，葉子又可以遮太陽，是夏天約會的好地方。

我後來想，這麼豔麗的花、這麼知名的樹，我為什麼小時候沒印象？是因為個子太小，坐在大樹下，不知道頭頂上開了花？抑或六十年前台北的鳳凰木，就

呢喃

劉墉作・絹本沒骨設色（50×69cm）2018

算開也開不多？

查資料，鳳凰木原產馬達加斯加，十九世紀末才引進台灣，從南部一路向北繁衍。六十年前台北的鳳凰木應該還不普遍，那時候地球沒暖化，北部冷，不適合鳳凰木生長。相對的，現在地球暖化，原本在台北吃癟的鳳凰花就次第綻放了！

網上還說鳳凰花曾是四川攀枝花市的市花，只因為有一年蟲害嚴重，死了很多，才把市花改為木棉。攀枝花的緯度跟台北差不多，或許也在同一年代有了鳳凰木吧！

從第一次見到鳳凰花開，到現在近半世紀，雖然台北的鳳凰花愈來愈普遍，我卻沒為鳳凰花做過寫生。原因是他們長得太高，讓我高攀不上。窗外雖然見得到，距離遠也看不清。

直到去年跟兒子一家，到布里斯班度假。有一天走威廉喬理大橋去現代美術館。橋到對岸，是彎轉而下的引道。很多大人在上面騎腳踏車，小孩利用斜坡玩滑板。突然眼前一亮，一片火紅迎面而來，原來斜坡道兩邊的鳳凰花正怒放。

過去仰望見不到的花團錦簇，現在居高臨下近在咫尺，但見層層相疊的花朵，好像運動會啦啦隊員一齊舉起手上的彩球，氣勢非凡！

從過去的仰望變成俯視，我終於可以觀察花朵的細節了。鳳凰花有五個花瓣，每一瓣都像長柄的勺子，接近花托的地方較細，逐漸變寬變圓。其中四個花瓣是鮮紅的，那紅，紅得厚重，像是亞得里亞海的紅珊瑚。另外有一個花瓣，邊緣依然是紅，但往基部發展，逐漸變成豔黃，還帶著許多猩紅的點子。十根細細長長的紅色雄蕊，則仿佛眾星拱月，簇擁著中間嬌小的雌蕊。

我靠在橋欄上寫生。清風徐來，億萬片羽毛般的小葉子，很輕很柔也很受風，像是碧波點點的海浪，上下浮沉，美極了！

我邊畫邊想：鳳凰木長得這麼高大，把其他樹木都比下去了，所以能擁有最豐富的日照，開出最亮麗的花朵，她根本就是陽光的化身嘛！

「鳳凰花」這名字也取得太好了，浴火的鳳凰高踞樹頭，不介意人們是否看得到，只對天空獻出夏日的禮讚。

畫語：

我作畫通常先「觀物精微」，寫生每個細部，並忠實記錄花朵的色彩。所以只要畫幾朵不同角度的，就能「舉一反三」，完成大張作品。

從布里斯班回來，經營了這張《呢喃》。呢喃的不是花，是兩隻小麻雀，因為鳳凰花下最宜談心。

呢喃（局部）
劉墉作・絹本沒骨設色（50×69cm）2018

少女月桃

每次到大安森林公園，我都會去北側的圍牆旁邊看月桃花。好大好大一片，成為公園和信義路間的天然圍牆。初夏月桃盛開的時候，兩公尺的葉中竄出點點瑩白，那些蓓蕾像是罐裝的荔枝，每個上面帶一抹紅。月桃花也就由那裡綻放：先裂開小口、鑽出個白色的小荷包，再把荷包打開，將厚厚的花瓣向兩邊伸展，露出艷黃色中帶紅色花紋的「唇瓣」。

怪不得月桃花又叫「虎子花」、「艷山薑」，因為那黃底紅花紋像是虎皮，而且除了艷麗，月桃還是一種薑。用它燉補有殺蟲、清熱、消腫、補氣的效果。長長的葉片則能用來包粽子，或墊在蒸籠底下蒸糕餅，有清香。

更有人用月桃泡茶，李清照就寫過「病起蕭蕭兩鬢華，臥看殘月上窗紗，豆蔻連梢剪熱水，莫分茶。」她說的豆蔻，不是熱帶香料，而是指月桃。唐代的風流詩人杜牧不是也說嗎：「娉娉嫋嫋十三餘，豆蔻梢頭二月初。」用月桃形容少女真是再恰當不過了，她從來不會怒放。即使盛開的時候也垂著頭，半張著花瓣，露出裡面的虎斑裙子。多麼嬌羞美麗啊！怪不得杜牧接著說「春風十里揚州路，捲上珠簾總不如」。

懷春的少女除了散發幽幽的體香，還會在眼角眉梢作暗示，據專家研究，月桃花的虎斑裙子就是為了招蜂引蝶，不但把蜂蝶用鮮艷的色彩招來，而且以長長的紅色花紋，指引客人往花心深處尋芳。

雖然月桃既有月亮的幽，又有桃花的艷。其實她的名稱來自閩南語「硬桃」，

「硬」的發音與「月」相近，說久了，變成「月桃」。問題是怎麼看月桃花都不硬啊！那麼高高的莖，正因為有彈性，才能細而不折。那麼長而柔的葉子，在風中一起傾倒，像是綠色的海浪。還有一串串的花朵，簡直像柔軟多汁的葡萄，登山口渴的時候還能用來解渴，怎麼會說她是硬桃呢？

相信那是指月桃的蒴果，當花瓣凋零，她會結出綠色的小果子。一天天變大、變硬、變成亮麗的硃砂色，外面還帶著深深的槽溝。大概因為這些朱紅色果子掛在枝頭，像桃子，又硬得驚人，所以得到「硬桃」的稱號。

所幸女漢子也有放下矜持的時候，當果子成熟，會露出裡面密密麻麻的種子。可別小看這些種子，日本聞名百年的「仁丹」，就以她為主要成份，據說不但能清熱解毒，還能抗衰老呢！最近更有研究說沖繩百歲老人特別多，是因為他們總喝月桃茶。

月桃花
劉墉作・絹本勾勒設色（91×60cm）2019

月桃全身是寶，除了食用，她的莖和葉因為具有強韌的纖維，還能用來編織。對她的堅韌我有親身經驗，有一回到烏來內山，突然下起傾盆大雨，臺階都變成瀑布，我不小心滑倒，像溜滑梯似地向下，眼看要落入山澗，幸虧抓住一叢山邊的月桃。下大雨，泥土應該鬆軟，那月桃居然緊緊抓著地面，讓我能夠站穩。

月桃花另一次帶我脫困，是有一回我獨自去台北近郊的鸕鷀潭，誤了下山時間。當天沒有月光，山裡一片黑。幸虧山坡上開滿月桃花，那白花不但剔透，而且帶有螢光，能模模糊糊地看見一點一點，讓我認得道路，不致失足。

還有一枝讓我難忘的月桃花，是高中時參加社團去陽明山，臨時決定從大屯瀑布上面的集水池，進入七星山的叢林，再從頂北投下山。

深秋了，月桃花不再，只隱約中見到藏在葉叢中的紅色果實。我跟一個女生比眼力，只要見到紅果子就喊，看誰喊的次數多。

一路上，我們各有發現，我還摘了一枝送給她。然後，我們就不曾見面了。

多年後，我在中視做記者，有一天接到一封信，沒寫字，只附張照片，拍了個玻璃盒子，裡面有根枯枝，還有些斑斑點點。細看，是月桃花黑色的種子。因為沒寫寄信地址，我無法回復。但是把這情節寫成短篇小說，而且直到今天，只要看到月桃花，無論開或不開，有果或沒果，我總會想到那個玻璃盒子。

石虎螢火月桃花

劉墉作・宣紙水墨設色（143×122cm）2019

絳雪妹妹

年年早春，花市裡的櫻花才過，茶花就登場了，每個攤位都可能擺上幾十盆，盆盆品種不同，讓我不得不走到攤位深處，一株一株欣賞。

據說山茶花原產雲南，最早的品種是單瓣，經過日本引到歐美，再不斷品種改良成今天的規模。有的花瓣多達百片，排列整齊得像大理花。有些呈現不規則的變化，豐滿得像是牡丹。還有些花瓣跟花蕊糾纏，讓花心高高隆起，好像是芍藥。他們的花期也不一樣，可以由前一年的中秋，開到第二年的暮春。

品種一多就適於收藏，加上茶花需要溫濕的環境，天太冷、風太大都不行，

紅山茶
劉墉作・絹本沒骨設色（50×69cm）2020

所以很多北方的植物園，會特別為山茶建築花房。我家附近的長島植物園就有好大一幢，甚至在花房裡設樓梯，讓大家從高處俯瞰幾百棵山茶。

看山茶花的情懷很複雜，花開的欣喜常常伴隨著花落的悵惘。因為當別的花都是落英繽紛，逐漸凋零的時候，山茶花會突然墜落。一朵朵怎麼看都還在盛放的花朵，不知因為花太重，還是花托太弱，會好端端地告別枝頭，重重的落到地面。「落花猶似墜樓人」，啪！啪！啪！每一聲落花，都令人心驚。

山茶花是長壽的木本，據說青島嶗山上清宮，觸動蒲松齡寫出《聊齋志異》「絳雪姑娘」的那株山茶，就活了四百多歲。

「絳雪」，多抽象啊！「絳」是大紅，大紅的雪！蒲松齡為什麼會有這個點子？是因為滿樹茶花盛開時好像覆蓋了一片紅色的雪，還是因為落花滿地，只見紅花，不見泥土，彷彿在大地上鋪滿了「絳雪」？

每次早春去陽明山都會見到「絳雪」，也多虧那些落花的提醒，讓我能夠抬頭。因為園裡的山茶都是幾十年的老樹，它們高高在上，花朵又被樹葉遮擋，很容易被忽略。

看到嬌豔如初綻的花朵落在地面，好像見到躺在棺材裡的豆蔻少女，臉頰上不但沒有蒼白，而且顯現一抹緋紅。

我總會蹲下身，撿起落花，細細端詳。

「不許人間見白頭」，美是禁不得凝視的，會不會山茶花也有這樣的想法，所以寧願在最美的時刻告別？

讓我想到鄧麗君、鳳飛飛、惠妮休斯頓……，都在巔峰時隕落。也想到許多告別演出的藝人，明明聲音體態還很完美，卻選定某一天在掌聲中謝幕、淚眼中告別，為自己的演藝生涯畫個休止符，把美好的印象留在眾人心中。然後他們不再登臺，甚至不再露面，靜靜老去，如同落在地面的山茶花。

在礬絹上畫了這張紅山茶，先用淡墨勾出花瓣，以朱砂打底，再用洋紅和胭脂一層層暈染出深紅色。葉子完全以「沒骨法」畫成，因為茶花的葉片很厚，需要用藤黃和花青層層經營。花托和葉片帶有木質，除了赭石和墨色，還罩染一層淡淡的石綠，最後以鉛白和石黃描繪糾纏的花蕊。

我一邊畫一邊想：當年蒲松齡在上清宮花園中引起無限綺思的，會不會就是這樣的絳雪妹妹！

紅山茶（局部）
劉墉作・絹本沒骨設色（50×69cm）2020

無限江山

至善園松風閣（局部）
劉墉作・紙本水墨設色（35×200cm）2020

畫我秋天的窗

深秋了，樹林每天變個樣子。

秋天不像春天，霜葉不像春花。春花是次第綻放的，番紅、辛夷、櫻桃、牡丹、杜鵑，她們一個接一個，讓春天總不寂寞。

秋天就不同了，「昨夜西風凋碧樹」，能夠在一夜之間換裝。最耀眼的是衛矛、五倍子和地錦，前兩者是灌木，能夠讓整座山頭紅似火。「地錦」是藤蔓，原本纏在樹幹上，跟常春藤沒什麼差別，但是晚秋就不同了，她可以瞬間變成厚重的朱砂色，夾在深綠的常春藤間，顯得格外奪目。

窗前寫生（局部）
劉墉作・冊頁紙本水墨設色（50×114cm）2019

日本丹楓也是一絕，她除了會變紅，而且因為樹枝橫向伸展，小而「深裂」的掌狀葉，跟大葉的楓香比起來，同樣是紅，但是增添許多掩映的美。如果再逢一場早來的濕雪，白雪掛在紅葉間，就更令人驚豔了。

紅葉往往會轉黃，帶來另一種滋味。最愛唐代司空曙的「雨中黃葉樹，燈下白頭人」。秋天的黃葉原本有些乾枯，受到雨水的滋潤，加上葉面的反光，就恢復了精神。樹幹受到雨水的浸濕，由原本的灰赭變成深黑，更有了加強的效果。一片秋林，望過去，深黑色的樹幹和枝條，點綴著一簇簇杏黃、檸檬黃和朱砂紅，不但有深淺錯落的變化，而且能夠「推拉」出景深。如果再掛上幾片「地錦」、摻上幾枝丹楓，既有「補色」的加強，又有「明度」的對比，美極了！

我的客廳有十二扇窗，缺點是冬天擋不住外面的寒意，優點是既能採光又能采景。每天坐在窗前，彷佛面對十二幅畫。尤其秋天，畫面不但每日變，而且時時變。高大的槐樹，從上面不斷落下小小的葉子，常讓我誤以為墜了「鵝毛雪」。

窗前寫生（局部）
劉墉作・冊頁紙本水墨設色（50×114cm）2019

颱風的時候更有意思，只見樹林中，一陣一陣，各色的樹葉拉幫結夥地飛出密林，飄落湖中。湖裡的魚以為落葉是食物，會不斷衝向水面，甚至跳躍出來，濺起水花、發出啪啦啪啦的音響。

風中的柳樹也美，小時候讀杜甫詩「狂風挽斷最長條。」想不透柳條那麼柔韌，怎會被狂風吹斷？現在面對湖邊兩株柳樹就懂了，只見風一來，柳條牽扯向一側，長長的枝條加上細長的柳葉，很容易就糾纏在一起，瞬間的狂風如同用力梳理打結的長髮，柳條能被硬生生地折斷，直飛幾十尺，砸上我的玻璃窗。

春天的林子是由透明變得不透明，秋天的林子恰恰相反。在落葉的過程中，因為葉子的多少，也有許多變化。譬如黃葉，密實是一種美，疏宕是一種美。當枝梢剩下的黃葉不多，因為更透光，那黃就變得格外明亮。

看落葉紛紛，覺得每一片都是對歲月的喟歎，繁華的季節到了尾聲，所有的絢爛都將消散，留下的是乾枯的軀幹與白髮。病酒悲秋不等於葬花傷逝，看秋葉不同於看春花，因為春天一日日變暖，許多花朵還沒凋，綠葉已經登場，接下來是濃鬱的季節。秋天卻是一番雨，一番涼！只會落，不能生！眼看透支透支，終於兩手空空。

捨不得窗外的美景難留，我把畫具從書房搬到客廳，用茶几當畫桌，打開冊頁寫生。

雖然是畫窗外的景色，但更要畫出窗內的心情。所以我連窗櫺和盆栽也一併畫進去。臨窗的「白鶴芋」、「君子蘭」、「七里香」、高高伸到天花板的「琴葉榕」和「橡膠樹」，都用水墨雙鉤。至於牆壁，因為跟窗外對比顯得暗，所以染黑。而且為了突顯外面的景物，窗內的盆栽全不著彩。

我先用水墨畫出林中的樹幹，在濃墨筆觸間添加綠色的常春藤和深紅的地錦。右邊窗外是衛矛，剛動筆的時候還像個紅紅大花圈，不過兩天，紅葉已經落了大半。

窗前寫生（局部）
劉墉作・冊頁紙本水墨設色（50×114cm）2019

上面高高的是槐樹，左邊豔黃的是槭樹和梧桐，近景有陽臺上的欄杆和院子裡的草地。遠景的湖岸隱隱約約，還帶著一些波紋倒影。正要擱筆，突然傳來一陣喧嘩，原來是過境的雁群。牠們從加拿大那邊飛來，只在湖上待幾天，又會往南遷徙。

於是又加上幾隻雁影。

一邊畫，一邊聽那雁唳，啊啊啊啊啊啊啊啊！幾十隻大雁掠過樹梢，一邊降落一邊齊唱……

亞德里亞海的美麗與哀愁

十月初，雖然距離我腰椎手術只有兩個月，但是因為去年已經報名參加了克羅埃西亞和斯洛伐尼亞的旅行團，我還是鼓足勇氣去了東歐。與往年不同的是這次有小帆同行，由她替代我扶持眼睛不好的媽媽，讓我能放心地行走和寫生。

第一站是杜布羅夫尼克（DUBROVNIK）古城，因為電視影集《權力遊戲》是在這兒拍的，好多遊客都帶著朝聖的心情。小帆也看了這個戲，興奮地指著四處說戲裡的情節，還扶著媽媽到城牆上繞了一大圈。

杜布羅夫尼克古城

劉墉作・紙本水墨設色（140×533cm）2019

我不敢多爬臺階，就坐在城外餐廳的陽臺上寫生。下午的陽光很亮，遠處的海是深藍的，臨港的水是翠綠的，餐館服務生已經開始布置晚餐的座位，還得意地對我說前幾年教宗來，就在這裡用餐。

只是我一邊畫一邊想，這麼美的風景、這麼美的城堡，下面埋藏著多少戰爭、多少悲劇？

人們是善於遺忘的，如同伊朗名導演阿巴斯的《生生長流》（AND LIFE GOES ON），大地震才過，許多屍骨還埋在頹圮的磚瓦中，人們已經忙不迭地架起天線看世界足球大賽的轉播。哪陣凱旋的花雨，不是落在剛剛擦乾血淚的地上？哪個城堡的射擊孔，不是子彈弓箭和生死交會的地方？就在距離這裡不足一百公尺的牆上，我還看到密密麻麻的彈孔。當年的戰爭死了十幾萬人，教宗來，能說什麼？千百年來，多少殺人盈野的戰爭，不是打著宗教的旗子？誤盡蒼生的，又有幾個不是因為權力之爭？

於是寫了下面這篇帶有反諷與喟歎的短文：

巴爾幹半島！歐洲的火藥庫！卻有著出奇的寧靜與悠閒，不知是否因為戰爭奪走了太多性命，人少了，所以寧靜。但是就在不久之前的戰爭時期，人口也不多啊！只怪這裡是一個半島、兩種文字、三種語言、四種宗教、五個民族、六個國家、七個鄰國、八個行政區，多元帶來多變，也帶來紛爭，甚至屠殺。羅馬人來過又走了，希臘人來過又走了，德國奧地利法西斯都來過也走了，留下高高的柱子、圓圓的拱門、尖頂的教堂、悠揚的鐘聲，燒成漆黑的溶洞和子彈呼嘯的回憶。

亞德里亞海是湛藍的、杜布洛夫的古城是灰色的，橄欖園和無花果是綠色的，濱海山坡的建築是紅色的。

秋日陽光撒在古老建築的大理石白牆上，密密麻麻的彈孔成為美麗的浮雕；

多孔的「石灰華」臺階最能涵納，昨天的鮮血早被收藏。海上的遊艇拉出白色的緞帶，沙灘上的天體營閃著油亮的肉光。坦蕩的人們、無私的大地，天地有情、天地不仁、天何言哉……

漸漸，湖上的煙霧起了，山上的堡壘成為海市蜃樓；碼頭的燈火亮了，幢幢人影尋他千百度。月亮已經升起、海浪拍打著岸邊的漁船，多麼祥和啊！歐洲的火藥庫！古老的戰場……人間的天堂……

布雷德湖上的鐘聲

斯洛維尼亞的布雷德湖（Bled Lake）美得像童話故事。

清晨教堂的鐘聲把我喚醒，推開窗，只見湖上一片迷霧，左側風來，淡煙向右移動，對岸山巔的佈雷德古堡，好像海市蜃樓，浮在雲霧之上。天是鈞瓷的淡藍，猶未散盡的水氣，則為這抹藍加上含蓄的「包漿」。湖面漸漸呈現了！尖頂的教堂，在深綠的環湖森林襯托下，顯得格外明亮。

布雷德湖比台灣的日月潭小些，清澈的湖水據說來自阿爾卑斯山。左邊湖上有個小島，上面有座古老的教堂，金碧輝煌的大殿中心，從高大屋頂上垂下一根

布雷德湖之晨（局部）
劉墉作・紙本冊頁水墨設色（29×158cm）2019

粗粗的繩子，好多人坐在教堂禮拜的長椅上，不是禱告，也非崇拜，而是等著去拉那根繩子。每個人拉繩子之前，倒是先在胸前劃十字，對著「祈願鐘」許願。

我對打鐘很有經驗，別人費半天勁才能打響，我輕輕一拉，就傳來叮噹叮噹的鐘聲。那是因為我以前唸台師大的時候，在第一進大樓的樓梯旁，就有這麼一根繩子，有個學校的工友會按時打鐘。我總看他拉繩的樣子，好奇問他難不難？他說不簡單，因為得讓原先垂著的大鐘擺動，那是股巧勁，用岔了，就算打響，節奏也不穩。我要求試試看，工友拒絕。後來我又要求跟他一起拉繩子感覺感覺。工友總算答應了。一次一次，漸漸地，他可以不再使力，完全由我掌控。我說「哪天你沒空，我可以代班。」

果然，有一天他下午有事，我沒課，他真交給我了。一共五次，前四次我打得很棒，半分鐘不差。至於最後一次，我事先跟女朋友說：「今天讓你提早十分鐘下課！」

我辦到了，只是從那天以後，我沒再打過鐘。

直到今天，在布雷德湖心教堂，顯然我半世紀前的技術沒忘。我興奮極了！跳躍出教堂，除我太太，沒人知道為什麼。

後記：

知道我為什麼後來再也沒打鐘了嗎？

因為當天提早十分鐘，很多教授罵，尤其是正在考試的班級，全亂了！第二天教務長把工友叫去，工友還不知道怎麼回事，當場露出吃驚又懊惱的表情（懊惱一定是心裡暗罵我給他惹了麻煩）。教務長看他的表情，顯然連早打了十分鐘都不知道，罵一句「你老糊塗！」就算了。

工友接著找我，我也做成大吃一驚的樣子，工友罵：「以後不讓你打鐘了！你害我背了黑鍋！」

前兩年我還回母校去看，打鐘的繩子不見了，原先從樓頂垂繩子下來的洞還在。昨天有博友留言告訴我，一九八二年，鐘壞了，校友捐贈了新的銅鐘，但是沒用多久，又改成電子鐘。

我的第一反應是：那個破掉的老鐘呢？應該像美國費城的「自由鐘」，供起來啊！

勿忘此園

至善園在國立故宮博物院的東邊，入口朝南，門樓是明清樣式，雕工十分講究，捲棚懸山頂，屋簷下隱藏著縷空雕刻的梅蘭竹菊和「至善園」的浮雕。「門當」上的匾額，墨書「至善園」三個勁挺的楷書大字。兩扇實木門掛著「銅鋪」獅環，門前兩對「抱鼓獅」，都是用觀音山的石材雕刻。獅子是看門的，石鼓是發聲的，加在一起有守護和警戒的意思。屋簷下最吸睛的是兩根精雕的「垂花」。上方刻牡丹，四邊掛流蘇，底部為蓮花，中間鏤空成燈籠的樣子。

至善園正門寫生
劉墉作・紙本水墨 2019

門右有一塊黑白「雲紋」的石灰岩，上刻「海嶽甲觀」四個字，意思是園內有四海五嶽甲天下的景觀。石後有墨竹、朱蕉、黃楊及桂花，臨街一株樹皮蒼老斑駁，枝條依然勁拔的老梅。門邊圍牆上挖了四個「漏窗」，每個造型不同，有「壽」形的、「花」形的與「書」形的，在白色圍牆上造成通透的變化。圍牆左側三棵「大王椰子」，夾著兩株梅花，樹下擺著「綠玉大理石」的桌凳，許多遊客坐在這兒等車。

廻廊水榭

入門為長廊，左右兩側高起的小丘上盤踞著參天的老榕樹，許多粗壯的氣根插入地面，圍繞著中間的主幹，仿佛眾星拱月。上面枝葉繁茂、濃蔭蔽天，遠看長廊盡頭又豁然開朗，使人如入桃花源。

長廊右側有小溪奔流，由於天光微弱，湍流對比得愈發閃亮，加上兩邊山丘高起，水聲在中間迴蕩，令人有「泉聲咽危石，日色冷青松」之感。

水榭及長廊都是含蓄的捲棚灰瓦，圓形的「瓦當」及三角形的「滴水」，從一九八五年建園至今，已經長滿青苔，在搖曳的樹影下泛著綠絲絨的光芒。

至善園入口迴廊
劉墉作・紙本水墨 2017

水榭有兩座，都架在流泉之上，第一道水榭的小木匾上刻著王寵草書「濯潔」二字，應該出自韓愈的「濯清泉以自潔」。廊內有微微彎曲，合乎人體工學的「美人靠」，非常適合憑欄。俯視流泉層疊，仰聽林梢鳥囀，確實有忘卻塵囂、洗心濯潔的效果。

洗筆池

第二進水榭因為裡面有白色石橋，稱得上「廊橋」，一側是寧靜的「洗筆池」，一側是奔流的泉水。原本寧靜的湖水，從廊橋下流過，立刻墜落，成為「聲喧亂石」的小湍。

「洗筆池」是圓形的，大概因為面積不大，池水的顏色較深，所以取東漢張芝「臨池作書，洗筆池中，池水盡墨」的故事來命名。匾額上寫著「魚樂」

二字，旁邊設有賣魚飼料的機器，常見人站在橋上餵魚，近百條錦鱗爭食，紅黃藍白黑五彩斑斕，讓深色的湖水突然變得靈活跳脫，大人笑、小孩叫，真是人與魚同樂！

　園中三個池塘，都有供魚氧氣的噴泉和讓天鵝棲息的鳥舍，為了對贈送錦鯉的中華愛鯉

協會表示謝意，池邊還勒石記載。可惜而今不見天鵝，只有幾隻鴨子。

龍池

「洗筆池」的上游，經過一座拱形石橋與「龍池」相連。池中小島上有龍形石雕，四周被蕨類植物環繞，略

龍池
劉墉作・紙本水墨設色 2017

見龍身和龍尾，只有龍首昂然，噴出一道清泉，激起水花和漣漪。

由前面水榭延伸過來的迴廊，繞過種滿青松偃柏、梅茶山蘇和太湖石的土丘，到龍池左側的小水榭。匾額上寫著「鵝湖」二字，表示建園之初就有養鵝的規劃。水榭前後也有「美人靠」，供遊客憑欄賞景。後方地勢高起，有參天的黑板樹、茄苳樹、杜鵑、梅花和一排濃密的龍柏，隔絕了外面的世界。

龍池邊也花木扶疏，芭蕉、垂柳、九重葛、棕竹、天門冬和龍船花錯落。還有一棵年老斑駁的台灣緋櫻，居然從腐朽的樹幹間再發新枝，早春綻放。

松風閣

龍池正後方有一幢高大的捲棚、重簷、歇山頂建築，是寬五間，深三間的「松風閣」。閣前種滿紅白梅和龍柏，早春梅花盛放時，在深綠色松柏的襯托下，白梅顯得格外鮮明。

松風閣不但是全園最高的建築，而且位於中央山坡上，登樓俯瞰，全園景物盡收眼底。

閣內一樓有千年古樹根切成的桌子，周圍安置七個座凳。另一側的巨碑上刻黃庭堅的名作《松風閣》。

依山築閣見平川，夜闌箕斗插屋椽
我來名之意適然，老松魁梧數百年……
力貧買酒醉此筵，夜雨鳴廊到曉懸……
東坡道人已沈泉，張侯何時到眼前……
安得此身脫拘攣，舟載諸友長周旋。

松風閣
劉墉作・紙本水墨設色）2020

這是黃庭堅的代表作，原作就在後面故宮，至善園顯然下了功夫，黑色帶「歙硯」流水花紋的石材非常細膩，雕工也好，表現了黃庭堅如「長年蕩槳」的用筆神韻。

二樓尤為精美，雕花「掛落」除了格子還有雲龍紋的裝飾，欄杆和欄板上刻「瓶花」和「雙龍抱珠」的浮雕。中間有鋪了紅地毯的檯子，上面擺設長几，几上有古琴及經書一函。

台後有六扇木屏風，選刻宋代書畫大家米芾的《蜀素帖》，其中最後一首〈重九會郡樓〉，大意是講米芾重陽節，與江蘇吳興的文人在郡樓雅集，回憶起晉朝的風流人物謝安和杜預：「獨把秋英緣底事，老來情味向詩偏」，很有傷逝懷古的意思。

屏風左右的柱子上掛著明代祝枝山「竹月漫當局，松風時在弦」的楹聯。正好松風閣旁有「佛肚竹」、「墨竹」、「棕竹」，後面有羅漢松和南洋杉，加上古琴和宋明建築，契合了「松風閣」的名稱。

碧橋西水榭

龍池右側，隔著一條長長的綠地，有六曲石橋通往一座捲棚歇山頂，面五間、深三間的高大建築。其中除了擺設多組以樹根巧雕的桌凳，高高的柱子上並有董其昌題「綠天贉有書經葉，碧澗疏為洗硯潭。」和徐渭寫的「隔岸垂楊笑語，溪荷映水彩粧」。建築取名「碧橋西水榭」，令人想起故宮收藏的名作《宋吳琚書蔡襄七言絕句》：「橋畔垂楊下碧溪，君家元在北橋西。」

這三面臨水而且連接曲橋的水榭，因為高大寬敞，位置又好，是遊客最愛聚集的地方。晴朗的日子，許多人坐在寬闊的圍欄上，把腳垂向湖面聊天餵魚曬太陽；下雨的日子，坐在古木雕成的桌椅上，遠看霧失樓臺的故宮，近看淒迷的湖水，靜聽湖畔的雨打芭蕉，也別有一番滋味。

碧橋西水榭的大門外有兩丈高的太湖石，旁邊石碑上寫著「坐看雲起時」五個大字，或許是鼓勵遊客往園子更深的地方「行到水窮」吧！

才走幾步突然感覺香氣熏人，原來路邊種了一排四季綻放的桂花。依照中國造園的理論，桂花最好種植在四周封閉的小院，使得花香集中。這裡一面臨湖，居然花香馥郁，應該跟另一側高大的山丘作為屏障有關。

山丘由巨石堆疊而成，左右有幾株老榕樹，其中一棵樹幹中空成為山洞的樣子，寬大得足夠坐禪。山丘後方有五棵十幾丈高的蒲葵和一株老梅，山坡上種滿「沿階草」和「鵝掌藤」，還有帶貝殼化石的奇岩，掛著山蘇與苔蘚。

復前行，石磚步道的左側為小溪，溯流而上又見一座山丘，中間有棵幅寬數十尺、氣根垂如簾的大榕樹，小溪的水就從樹下流出，在錯落的岩石間飛瀨。沿溪可見梅、竹、萬壽、木棉、流蘇、含笑、山蘇、棕竹、楓香、月橘和羅漢松，濃蔭下有綠玉大理石的桌椅，附近走道也以綠色和白色大理石鋪成。小徑在這兒回轉，來到小溪另一側，石頭上刻「籠鵝」二字，旁邊果然有個鐵籠，裡面三隻

碧橋西水榭

劉墉作・紙本水墨設色 2017

栩栩如生的白鵝石雕。

蘭亭

接著來到八角攢尖頂的「蘭亭」，亭內有圓桌鼓凳，桌上立著仿漢代的「朱雀銅燈」，亭柱上有集王羲之字的楹聯：「此地有崇山峻嶺茂林脩竹，是能讀三墳五典八索九丘」。溪邊巨石上刻「流觴曲水」四個大字。還有一個瓦頂的石牌坊，刻的是王右軍的《蘭亭集序》。

小溪從左邊高處流下，在亂石間喧鬧，到平緩處寧靜，層層相疊，蜿蜒變化。據說早年故宮博物院曾邀詩人雅集，模仿魏晉名士「曲水流觴」。酒杯從上游漂浮而下，到誰面前就要作詩，如詩不成，只得罰酒。

蘭亭曲水

劉墉作・紙本水墨設色 2017

換鵝造像

沿曲水下行，來到「松風閣」和「蘭亭」之間的「換鵝造象」，鑄的是執卷的文人帶著背琴小僮，正跟一位老者談話。老人腳邊三隻大鵝，竹籠內七隻小鵝。

造像旁有前故宮院長秦孝儀在民國八十一年立的高大石碑《王右軍書換籠鵝造像記》，寫的是愛鵝的王羲之如何以他所寫的《道德經》，交換山陰道士養的鵝。

秦孝儀曾任國民黨副秘書長，蔣介石遺囑就是由他「承命受記」。一九八三年他執掌故宮博物院之後，看見外面一片荒草實在可惜，又覺得應該有陰柔的庭院與故宮的陽剛相配，於是取杭州「三潭映月」的靈感，再參考院藏的宋明建築圖紙開始造園。

換鵝造像

劉墉作・紙本水墨設色 2017

由於秦孝儀曾任黨國要職，當時的參謀總長郝柏村又讓官兵全力配合。石材選自花蓮，木料取材一千五百公尺以上的高山，連垃圾桶都鑄成古典「投壺」的樣式。梁柱斗拱、欄杆掛落，用精工榫卯，不著一漆一釘，維持雲杉的原色。正因此，歷經三十六年的颱風地震，不但完好如初，更增添了古樸。

占地五千六百八十七坪的至善園，雖然不及蘇州「拙政園」的廣大，也沒有「網師園」的曲折，但是另有一種「簡俊瑩潔，疏豁虛明」之美。更因為建在半山上，可以利用落差引山泉活水，所以湖水清澈、錦鱗悠游。後面巍峨的故宮和高大的華表可供借景，更遠處的青山可以襯托。至於石碑牌匾和楹聯上的內容，全部引用故宮博物院內的收藏，蘭亭、水榭、松風閣，各自營造主題。沿著一百九十五公尺的長廊走去，景隨步移，如同展開一軸宋明畫卷，古典文物跟現實園林在這裡結合，重現了中國文人生活的意境。

可惜遊客常因為坐車直上故宮展廳，不知道下面還有至善園。我每次前往，看見故宮的人潮擁擠，至善園卻遊客稀疏，都十分感慨。所以特別作了這篇文章，配合寫生，希望提醒大家：此處有名園，千萬別錯過！

（謝謝國立故宮博物院前圖書文獻處處長吳哲夫先生、前書畫處處長王耀庭先生及至善園園藝家莊金富先生提供資料及指導，使這篇作品能夠順利完成。）

國家圖書館出版品預行編目資料

爸爸不會哭 / 劉墉著 . -- 初版 . -- 臺北市 : 聯合文學 , 2020.04
216 面； 15× 21 公分 . -- (聯合文叢；660)
ISBN 978-986-323-341-1 (平裝)

863.55 109004063

聯合文叢 660

爸爸不會哭

作　　者／劉　墉
發 行 人／張寶琴

總 編 輯／周昭翡
主　　編／蕭仁豪
編　　輯／林劭璜　王譽潤
資深美編／戴榮芝
業務部總經理／李文吉
發行助理／林昇儒
財 務 部／趙玉瑩　韋秀英
人事行政組／李懷瑩
版權管理／蕭仁豪

法律顧問／理律法律事務所
陳長文律師、蔣大中律師

出 版 者／聯合文學出版社股份有限公司
地　　址／(110)臺北市基隆路一段 178 號 10 樓
電　　話／(02)27666759 轉 5107
傳　　真／(02)27567914
郵撥帳號／ 17623526 聯合文學出版社股份有限公司
登 記 證／行政院新聞局局版臺業字第 6109 號
網　　址／http://unitas.udngroup.com.tw
E-mail:unitas@udngroup.com.tw

印 刷 廠／瑞豐實業股份有限公司
總 經 銷／聯合發行股份有限公司
地　　址／(231)新北市新店區寶橋路235巷6弄6號2樓
電　　話／(02)29178022

出版日期／2020 年 4 月　　初版
2023 年 2 月 16 日 初版三刷第 2 次
定　　價／ 300 元

作者首刷版稅將悉數捐贈公益團體，並在水雲齋 http://syzstudio.com/ 公布明細

ISBN 978-986-323-341-1（平裝）

仿北宋范寬雪景寒林圖
（局部）

仿北宋范寬雪景寒林圖

劉墉作・絹本（200×300cm）2018

仿北宋范寬雪景寒林圖
（局部）